Ich wollte mehr

BoD™
BOOKS on DEMAND

Die meisten Menschen sind unglücklich,
weil sie vom Glück zu viel verlangen.
Der Ehrgeiz ist der größte Feind des
Glücks,
denn er macht blind.

Jean-Paul Belmondo

Bernd Rosarius

Ich wollte mehr

Eine Erzählung

Bibliografische Information der Deutschen Nationalbibliothek:
Die Deutsche Nationalbibliothek verzeichnet diese Publikation in
der Deutschen Nationalbibliografie; detaillierte bibliografische
Daten sind im Internet über http://dnb.dnb.de abrufbar.

Herstellung und Verlag: BoD – Books on Demand, Nor-
derstedt

ISBN: 978-3-7481-1006-4

Inhaltsverzeichnis

Inhaltsverzeichnis

Ein Brief

Lange Zeit stand er am Fenster und sah in den stark bewölkten Himmel. „Es wird regnen", sagte er, mehr zu sich selbst, und löste sich aus seiner starren Haltung. Wieder zurück am Tisch, nahm er das dort liegende Blatt Papier zur Hand und las sich laut den Text vor, den er zuvor geschrieben hatte.

„Liebe Steffi, ich kann dir nicht sagen, was ich fühle. Du bist im Krankenhaus und Dein immer freundliches Gesicht ist erstarrt. Du liegst im Koma, atmest, aber Du wirst mich nicht sehen und hören, oder doch? Zu spät habe ich erkannt, was Du für mich empfindest, und zu spät habe ich begriffen, was ich für Dich empfinde. Als ich gestern bei Dir im Krankenzimmer war, habe ich meinen Mund an Dein Ohr gelegt und zum ersten Mal in meinem Leben die drei Worte geflüstert. Du hast nicht reagiert. Kein Zwinkern der Augen, kein verstärktes Atmen, kein Zittern der Finger, geschweige denn ein Druck Deiner Hand. Ich bin davon überzeugt, dass wir unsere Zeit noch bekommen. Du wirst gesunden und ich werde Dich an die Hand nehmen und mit Dir endlich nach Benidorm fliegen, wie wir es immer schon vorhatten. Ich werde Dich lieben, für Dich da sein und mich bei Dir bedanken für alles,

was Du für mich getan hast. Ich werde dir diesen Brief unter Dein Kopfkissen legen und wenn Du erwachst, dann wird er mein erster Gruß an Dich sein. Ich liebe Dich. Dein Basti."

Sebastian faltete den Brief in ein kleines Format, steckte ihn in seine Jackentasche und fuhr zum Krankenhaus. Bevor er die Intensivstation betrat, legte er sich schnell noch die grüne Schutzkleidung an. Unverändert lag Stefanie im Bett, in Rückenlage mit geschlossenen Augen. Es quälte Sebastian, seine Jugendfreundin so zu sehen, mit all den Schläuchen in Mund und Nase. Am Fußende war die Decke verrutscht und als Sebastian ihre nackten Füße bedecken wollte, sah er ihre Schienbeine. Sie waren dunkelblau. Er erschrak und suchte nervös nach der Klingel für das Schwesternzimmer. In diesem Augenblick betrat Professor Dr. Hinrichs mit seinem Gefolge das Krankenzimmer. Er fasste Sebastian am Arm und zog ihn vom Bett seiner Freundin weg. Die beiden Männer kannten sich aus früheren Tagen im Tennisclub und sie duzten sich. „Basti, mach dir keine Gedanken, die Blutergüsse sind normal. Ihre inneren Verletzungen sind schwer und der Blutstau ist das sichtbare Zeichen dafür. Wir haben alles im Griff." „Weißt du mehr? Wann wacht sie wieder auf? Wird sie wieder ganz die Alte sein? Wird sie leben?" Prof. Hinrichs antwortete in seiner sachlichen und ruhigen Art: „Komm doch in einer halben Stunde in mein Büro. Nach der Visite können wir uns unterhalten." Darauf verließ der Ärztetross das Krankenzimmer und schnell kehrte auch auf dem Flur wieder Ruhe ein. Sebastian fingerte seinen Brief aus der Jackentasche und steckte ihn Stefanie unter das Kopfkissen. Dann gab er ihr einen Kuss auf die Stirn und verließ den unfreundlichen Raum. Chefarzt Hinrichs wartete schon in seinem Büro auf den Gast. Natürlich durfte ein duftender Kaffee nicht fehlen. Beide Männer setzten sich an den kleinen Besuchertisch aus Glas. Sebastian nahm den Faden sofort wieder auf: „Was wird nun mit ihr?" Professor Hinrichs nahm einen Schluck aus seiner Tasse und setzte sie mit einem hörbaren Ton zurück auf die Untertasse. „Stefanie wird überleben. Sie wird auch wieder aus dem Koma erwachen. Doch für die Nachsorge brauche ich deine ganze Geschichte, erzähle sie mir." Sebasti-

an lehnte sich zurück und begann zu berichten ...

Zwei Kinder aus uralten Zeiten

Steffi und ich lernten uns als Kinder in der Schule kennen. Es war in der fünften Klasse, glaube ich. Stefanie fiel mir sofort auf. Sie war ein stilles, zurückhaltendes Kind. Sie schien ängstlich zu sein, zuckte bei jedem lauten Geräusch zusammen und suchte Schutz in einsamen Ecken. Sie war zehn Jahre alt und ich ein Jahr älter. So fühlte ich mich irgendwie als ihr Beschützer. Sie kam aus einem bäuerlichen Umfeld. Ihr Vater war im Krieg gefallen und ihre Mutter versuchte, sie und ihre ältere Schwester allein durchzubringen, was nicht einfach war. Auch andere Frauen, die diese Zeit erlebt haben, können davon berichten. Ihre Schwester ist später an Tuberkulose gestorben. Ihre Mutter verdingte sich als Bauernmagd, Dienstmädchen, Putzfrau und Kindermädchen. Geld für Klassenfahrten hatte die Mutter nicht und den Sozialfond der Klasse in Anspruch nehmen wollte sie nicht. Steffi wurde in der Schule gehänselt. „Bauerntrampel", „Landpomeranze" und „Schweinehirtin" nannte man sie. Mein Elternhaus war ein anderes. Mein Vater hatte nach dem Krieg die richtigen Leute an seiner Seite gehabt. Er war ehrgeizig und strebsam. Schnell wurde er Geschäftsführer eines Bekleidungshauses und später Inhaber einer eigenen Firma. Er sagte zu mir schon in frühen Jahren: „Junge, lerne etwas, sei fleißig, erfülle deine Pflicht, wo immer man dich hinstellt, und arbeite."

Wie unterschiedlich waren doch unsere beiden Lebensentwürfe. Steffi war, ich würde mal sagen, ein Mädchen von ganz unten und ich ein Junge von ganz oben. Was ich an ihr mochte, war die Ruhe, die sie ausstrahlte. In ihrer Nähe spürte ich nur Poesie, Wind, Wasser, Sonne und grünes Gras. Ich weiß noch, wie mein Vater mich verprügelt hat, weil ich das morgendliche Gebet nicht ausgeführt hatte. Ich war lieber schon vor dem Frühstück im Garten gewesen, um meine Kaninchen zu füttern. Ein preußischer Junge weint nicht, der hält Schmerzen aus, der ist zäh. Alles Sätze eines Vaters, der noch unter Kaiser Wilhelm seine Ausbildung genossen und unter Adolf Hitler voller Stolz seine Parteizugehörigkeit demonstriert hatte. Ich fuhr mit meinem Gummiroller zu Steffi und sie pflegte die

Striemen auf meinem Rücken. In ihrer Nähe fühlte ich mich wohl.

Nach der Schulzeit trennten sich unsere Wege. Nur noch sporadisch sahen wir uns. Steffi erlernte nach der Hauptschule den Beruf der Altenpflegerin. Mich prügelte mein Vater durch das Abitur. Wenn ich auch bis zu diesem Zeitpunkt relativ gleichgültig gegenüber meiner Zukunft gewesen war, so entwickelte ich jetzt einen enormen Ehrgeiz als Student der Architektur. Die Gene meines Vaters machten sich bemerkbar. Ich wollte weg von der Straße. Ich wollte Kaviar essen und Champagner trinken. Motorboot fahren in der Karibik. Ich träumte vom großen Geld, von Ansehen und Reichtum. Vater hatte Recht. Es durfte nur nach oben gehen. So ging jeder seinen Weg.

Ein grober Schnitzer

Allein der Wille, erfolgreich zu sein, reicht nicht aus. Entscheidend ist die richtige Taktik und Erfahrung. Die Erfahrung fehlte mir zwar, doch die richtige Taktik konnte ich erlernen. Ich hatte mein Studium gerade beendet, da glaubte ich schon, größer zu sein als der Rest der deutschen Architekten. Ich schickte hunderte Bewerbungen hinaus. Es hagelte Absagen. Ich ließ meine Bewerbung von Fachleuten prüfen. War ich zu forsch? War ich zu modern oder zu harmlos? Hatte ich zu dick aufgetragen? Ich fand meine Bewerbung gut, meine Zeugnisse einwandfrei und mein Auftreten dem Zweck angepasst. Ich stand vor dem Spiegel, um meine Außenwirkung zu kontrollieren. Einen Punkt hatte ich von Anfang an übersehen: Ich war kein Sympathieträger.

Dennoch freute ich mich über ein Vorstellungsgespräch in der Agentur Bechthold in Bielefeld. Es war ein junges Unternehmen mit einem kleinen Team. Florian Bechthold war 35 Jahre alt und schon sehr erfolgreich im Markt. Der Altersunterschied zwischen uns war nicht sehr groß. Ich mit meinen 28

Jahren glaubte, auf Augenhöhe mit ihm kommunizieren zu können. Bevor er mich empfing, saß ich noch eine kurze Weile im Vorzimmer. Auf dem Tisch lagen diverse Zeitungen und Bücher, die meiner Meinung nach alle politisch rechts angehaucht waren. Ich ging zur Sekretärin und fragte sie direkt: „Welche politische Richtung vertritt denn Ihr Chef. Auf dem Besuchertisch liegen Zeitungen, die ich dem rechten Spektrum zuordnen würde, stimmt das?" Die Sekretärin lachte: „Nun ja, Herr Berthold ist ein deutscher Unternehmer und lebt von deutschen Bauherren. Ausländische Auftraggeber hat er nicht. Die Zeitungen zeigen eigentlich nur, dass im afrikanischen Raum Baumaßnahmen nicht durchgeführt werden können, weil dort die deutschen Voraussetzungen nicht geschaffen sind. Die Zeitungen greifen das Bildungssystem in den Ländern auf und stellen Parallelen zum deutschen her. Herr Berthold ist ein Erzkonservativer und CDU-Wähler." Ich ging zurück auf meinen Platz und las einen Artikel, der „Das deutsche Wunder" überschrieben war. Ein bisschen mehr als wertkonservativ klang das schon. Als dann noch ein Angestellter aus dem Chefbüro kam und der Sekretärin sagte: „Wir wollen keine Flüchtlinge hier haben", wurde mir die Richtigkeit meiner Vermutung bestätigt.

Nun wurde ich zu Herrn Berthold vorgelassen. Kurz und knapp stellte ich mich militärisch korrekt vor. „Mein Name ist Prinz, Sebastian Prinz. Ich halte mich für einen guten Mann, der Ihnen viel Arbeit abnehmen kann." Herr Berthold blätterte in meinen Bewerbungen und sagte schließlich: „Ich habe gute Leute, die mir viel Arbeit abnehmen können. Was können Sie mir noch bieten?" Er ließ sich in seinen Ledersessel hinter dem Schreibtisch zurückfallen. Forsch, wie es mein Naturell ist, beugte ich mich über seinen Schreibtisch und sagte: „Ich bin wertkonservativ. Ich finde auch, dass wir die Flüchtlinge in Deutschland nicht brauchen. Ihr Kollege hat Recht, als er das draußen Ihrer Sekretärin sagte." „So? Sagte er das draußen?" Er griff zur Gegensprechanlage und sagte seiner Sekretärin, sie möge „die Neuen" reinschicken. Die Tür ging auf und ich erschrak. Von den fünf Menschen, die hereinkamen, waren drei Schwarzafrikaner und zwei arabisch aussehende Männer. „Sehen Sie", sprach Herr Bechthold sehr ruhig weiter. „Der Kollege draußen meinte sicherlich, dass wir nicht nur Flüchtlinge einstellen sollten. Sie haben das falsch verstanden und mich wohl auch falsch eingeschätzt. Sie müssen doch noch viel lernen. Ich denke, das war es." Er hob die Hand zum Gruß und gab mir zu verstehen, dass meine Bewerbung ad acta gelegt werden würde. Als ich an der Sekretärin vorbeiging, flüsterte ich ihr zu: „Er ist ja gar nicht gegen die Flüchtlinge, warum haben Sie mich nicht aufgeklärt?" Frau Wesemann lachte: „Es war Ihre Lesart, nicht meine." Tatsache war, dass das Architektenbüro Bechthold dringend talentierte Architektur-studenten suchte, und unter den Flüchtlingen fand er ein großes Potenzial an werdenden Fachleuten. Der Kollege – und wie sich später herausstellen sollte - stellvertretende Ressortleiter hatte mit seiner Äußerung gegenüber der Sekretärin gemeint, nicht zu viele Flüchtlinge aufzunehmen, damit die Integration besser klappen würde. Ich musste dazulernen, das war mir klargeworden. Es waren kleine Fehler, aber mit großer Wirkung. Ich konnte jedoch nicht zugeben, dass ich Fehler gemacht hatte. Ich tat so, als wäre ich einem Irrtum aufgesessen. Ein Sebastian Prinz macht keine Fehler. Ein Sebastian Prinz ist der Beste.

Wenn ich aufgrund dieses Vorfalls doch ein wenig an mir gezweifelt hatte, so wurden mir diese Zweifel durch ein Telefonat genommen. Florian Bechthold persönlich rief mich an. Er wollte mich sehen und ich tat ihm den Gefallen. Sein Büro kannte ich ja nun schon. Er saß wieder in seinem gepolsterten Sessel hinter dem Schreibtisch. „Haben Sie Ihre Fehleinschätzung verdaut?" Ich antwortete ihm nicht ganz unbescheiden: „Bei der nächsten Bewerbung mache ich es anders." Herr Bechthold lachte: „Ich habe Ihre Entwürfe gesehen, sie sind nicht schlecht. Sind Sie auch teamfähig?" Ich nickte. Er stand auf und reichte mir die Hand: „Meine Sekretärin hat Ihren Arbeitsvertrag schon fertig. Gehen Sie raus, unterschreiben Sie und morgen fangen Sie an." Es war nicht meine Person, die ihn überzeugt hatte, so resümierte ich. Es waren meine Testarbeiten. Ich hatte einen Job und zwar beim besten Architekten im Raum Ostwestfalen.

Der erste Kontakt

Es gab nicht viele herausragende Architekten. Ich war angestellt bei dem besten.

Nun wollte ich nur noch überzeugen und wartete auf die Fülle an großartigen Projekten, die ich zu betreuen haben würde. Als Architekt war ich Treuhänder und Berater des Bauherrn.

Als Entwerfer, Gestalter, Verhandler bei Behörden, Konstrukteur, Techniker, Organisator würde ich Verantwortung zeigen. In der Vorplanung würde ein Planungskonzept mit ersten Skizzen erarbeitet werden und danach mit der Entwurfsplanung die stufenweise Durcharbeitung des Konzepts beginnen. Andere Fachleute, zum Beispiel der Statiker, würden einbezogen und mit den Behörden könnte verhandelt werden.

Für mich hieß das, ich würde beim Auftraggeber der Architekt sein.

Der Bauherr wäre wichtiger als mein Chef. Doch wie gesagt, noch wartete ich auf meine großen Projekte.

Am Anfang war ich nur Zuträger, Mädchen für alles, einschließlich Brötchen holen für die Kollegen. Immer häufiger schaute ich meinen Kollegen über die Schulter und gab auch dem einen oder anderen einen Tipp. Doch Tipps von mir wollten die Kollegen nicht. Sie wiesen mich schroff ab. Florian Bechthold wiederum müllte mich mit Papierkram zu, den ich routinemäßig, aber ohne innere Anteilnahme erledigte. Ich erinnere mich gut an Fritz Korfuss. Ich kann nicht sagen, ob er mir menschlich sympathisch war. Er war sehr ehrgeizig und scharwenzelte täglich um unseren Chef herum. In der Mittagspause sah ich an seinem Reißbrett einmal die Vorplanung eines Kellergewölbes. „Ein Keller braucht auch einen Wasseranschluss", sagte ich mir. So nahm ich sein Werkzeug vom Tisch und zeichnete eine Wasserpumpe ein, die ihren Zweck allerdings völlig verfehlte. Schnell verschwand ich danach aus seinem Arbeitsbereich. Ich sah den Chef mit meinem Kollegen an seinen Tisch gehen. Laute Stimmen drangen an mein Ohr und ich hörte meinen Kollegen rufen: „Das habe ich nicht gezeichnet." Die Antwort meines Chefs: „War das der Heilige Geist. Hast du den Verstand verloren? Ändere das sofort." Eine geheime Freude konnte ich mir nicht verkneifen. Doch war mein Versuch, andere zu diskriminieren, in diesem Fall auch gelungen, so steckte mein Körper voller Wut. Ich wollte mehr.

Meine Freizeit verbrachte ich mit meinem Freund Dennis Kerkhoff, einem jungen Anwalt. Ihm ging es ähnlich wie mir. Er war in einer Kanzlei tätig und musste Schuhputzarbeiten erledigen. Große Fälle erhielt er nicht. Stattdessen hatte sein Chef ihn mit einem harmlosen Fall beauftragt. Er vertrat den Cheffahrer des Bauunternehmers Gerrit Zygowski, der wegen einer Geschwindigkeitsüberschreitung beurlaubt worden war. Das machte er so gut, dass der Bauunternehmer ihn immer wieder anforderte. An einem Tag, an dem ich besonders stark gefrustet war, bat mein Freund mich, ihn zu begleiten. Herr Zygowski gab eine Gartenparty und hatte dazu Kunden, Mitarbeiter und Geschäftspartner eingeladen. Mein Freund durfte nicht fehlen und so nahm er mich mit.

Ich war zwar immer darauf bedacht, Kontakte zu knüpfen, doch war ich anfangs sehr vorsichtig, denn ich bewegte mich auf unbekanntem Terrain. Nach und nach verlor ich jedoch meine Hemmungen und betrachtete das Treiben genauer. Auf der Terrasse des großen Anwesens sah ich an einem runden Tisch eine Frau sitzen. Sie trug einen großen, schräg aufgesetzten Hut mit einer Feder am rechten Rand. Ihr sommerliches Kleid war tief ausgeschnitten und ich konnte schon von Weitem den Ansatz ihrer Brüste sehen. Alles um mich herum verblasste. Ich fasste meinen Freund beim Arm und sagte: „Kennst du diese Frau?" Mit ausgestrecktem Arm zeigte ich zur Terrasse. „Ja, das ist Marion Zygowski, die Tochter des Hausherrn." „Stell mich ihr vor!" Dennis lachte: „Mit kleinen Dingen im Leben gibst du dich wohl nicht ab. Na, dann komm." Als wir vor dem Tisch standen, an dem diese Schönheit saß, stellte mich Dennis in seiner üblichen humorigen Art vor. „Das ist mein Freund Sebastian Prinz. Der Name ist allerdings das einzig Fürstliche an ihm. Ansonsten ist er ein kleiner unbedeutender Architekt, der froh ist, einen neuen Papierkorb für die Stadt entwerfen zu dürfen." „Ist das Ihr Freund?", fragte die Dame mich. „Wer solche Freunde hat, braucht keine Feinde mehr." Mich faszinierte diese Frau und ich erwiderte: „Im Prinzip hat er

Recht. Ich bin ein Durchschnittsarchitekt, den man noch nicht an große Aufgaben herangelassen hat. Ich stehe vor Ihnen auch nicht als Architekt, sondern als Bewunderer Ihrer Schönheit." „Oh", hörte ich sie sagen, „rutschen Sie bitte nicht auf der Schleimspur aus." Sie drehte ihren Kopf in die Richtung, worauf ich mich unaufgefordert ihr gegenüber hinsetzte. Mein Freund hatte sich längst kopfschüttelnd verabschiedet. „Bitte seien Sie mir nicht böse, nur weil ich die Wahrheit sage. Sie sind mir aufgefallen. Sie sind eine sehr schöne Frau." Sie wurde nicht verlegen. Ich spürte, wie sie mit ihren Blicken spielte, sie beobachtete mich. Wenn ich ehrlich bin, es war nicht nur ihre Schönheit, die mich anzog, es war der Gedanke an ihren Vater, den Bauunternehmer. Sie könnte die Eintrittskarte in das Paradies sein. Wenn ich durch ihn einen großen Auftrag an Land ziehen könnte, wäre das für mich die größte Reputation. Als hätte sie meine Gedanken erraten, sagte sie: „Ich kann keine Aufträge vergeben, wenn Sie mit dem Gedanken spielen, über mich an Ihr Ziel zu kommen." Ich war auf diese Antwort vorbereitet und tat sehr entrüstet: „Ich bitte Sie.

Das war und ist nicht meine Absicht. Sie alleine üben auf mich eine besondere Anziehungskraft aus. Sie allein könnten für mich ohnehin keine berufliche Perspektive sein. Ich trage mich mit dem Gedanken, ins Ausland zu gehen." Ich beobachtete genau ihre Reaktion und war erstaunt, als sie mir unterkühlt antwortete: „Gut so, im Ausland gewinnt man Erfahrung." Sie drehte ihren Kopf zur Seite, als wollte sie mir zu verstehen geben, dass ich verschwinden soll. Ich blieb aber sitzen. Schweigend saßen wir uns, einander belauernd, gegenüber. „Was wollen Sie nun von mir?" Ich strahlte sie an: „Ich möchte Sie wiedersehen, ich möchte mit Ihnen ins Theater gehen. Ich möchte mit Ihnen essen gehen. Ich möchte Sie malen. Ja, ich kann auch malen. Von Ihnen geht eine Aura aus, der ich mich nicht entziehen kann. Bitte sagen Sie ja. Stürzen Sie nicht einen aufstrebenden jungen Mann schon jetzt in das Verderben, bitte." „Sie wollen mich malen?" „Ja, nur Sie." „Sie locken mich nicht? Sie können wirklich malen?" Selbstsicher antwortete ich: „Wenn ich es sage." „Gut, dann besuchen Sie mich morgen zu Hause und bringen Sie Ihre Malutensilien mit." Ich war sichtlich erfreut, hatte ich doch den ersten Schritt getan. Mit ihrer Visitenkarte in meiner Tasche verabschiedete ich mich mit einem perfekten Handkuss.

Der erste Schritt

Die Dame war ganz nach meinem Geschmack. Wenn ich sie dazu bringen könnte, mich zu lieben, hätte ich den ersten großen Wurf getan. Malen konnte ich schon, allerdings hatte ich noch nie ein Porträt gezeichnet. Abstrakte Kunst ist auch Kunst, dachte ich mir und nahm meine Staffelei und mein Acrylfarbenset sowie die Farbmischpalette und den Zeichenblock. Als ich bei ihr war und mein Malzubehör aufbaute, sah sie mir, sehr sportlich gekleidet, zu. „Ich denke, Sie malen keinen Akt", lachte sie und ich beeilte mich zu antworten: „Auf keinen Fall. So, wie Sie jetzt sind, ist das Motiv überragend. Setzen Sie sich ruhig auf den Stuhl, ich bin gleich so weit."

Überrascht war ich, als sie auf mich zukam, mich mit leicht schrägen Kopf ansah und sagte: „Ihre Mühe in allen Ehren, aber Sie haben noch nie gemalt. Ein Maler beginnt eine Porträtsitzung anders. Sie wollten mich kennenlernen, seien Sie ehrlich." Ich legte den Pinsel an die Seite und antwortete: „Ich male in meiner Freizeit, aber sehr abstrakt, und Menschen habe ich noch nie gezeichnet. Wenn ich mich aber in jemanden verliebt habe, dann fallen mir die unmöglichsten Dinge ein, um mein Ziel zu erreichen." „Wie oft haben Sie das schon ausprobiert und wie erfolgreich waren Sie?" „Diese Malgeschichte versuche ich zum ersten Mal. Sie sind mir zu wichtig und ich wusste nicht, wie ich Sie anders hätte besuchen dürfen." Marion Zygowski holte von einem kleinen Beistelltisch eine Flasche Weißwein, füllte zwei Gläser und bat mich, neben ihr auf dem Sofa Platz zu nehmen. Ich kam dieser Aufforderung nach, nahm ihr eines der Gläser vorsichtig aus der Hand und wir prosteten uns zu. Sie legte ihre Hand auf mein rechtes Knie, ihr Mund näherte sich meiner rechten Wange. „Küss mich", flüsterte sie mit geschlossenen Augen. Auch dieser Aufforderung kam ich sofort nach. Ich legte meine Arme um ihre Schultern und drückte sie fest an mich. Dann presste ich meinen Mund, auf den ihren und meine Zunge suchte den Weg zu ihrer. Die Leidenschaft übermannte mich und ich begann an den Knöpfen ihrer Bluse zu fingern. Sie drückte mich aber weg. „Nicht so schnell, mein Freund, wir kennen uns doch noch gar nicht." „Seit gestern", rief ich, „das ist doch lange genug." Immer wieder drückte sie mich lächelnd fort.

„Wie geht es jetzt weiter?", wollte ich wissen. „Nun ja, wir müssen uns schon besser kennenlernen. Ich bin solo und du gefällst mir. Spielst du Tennis?" Ich nickte und sie fuhr fort, „Okay, dann hol deine Tennissachen und wir fahren ins Clubhaus." Das war nun nicht gelogen, ich spielte wirklich Tennis. Als wir die Clubanlage TC Schwarz-Weiß betreten hatten und ich die vielen in Weiß gekleideten Menschen sah, kam ich mir wie ein Fremdkörper vor. Mit meinem roten Poloshirt bot ich den richtigen Farbkontrast zu den Sportfreundinnen und -freunden. Alles reiche Leute, sagte ich mir, irgendjemand hier wird einem jungen Architekten schon eine Chance geben. Marion schien meine Gedanken zu erraten. „Meinst du, hier bekommst du die berufliche Chance, auf die du wartest?" Ich entgegnete erbost: „Deswegen bin ich nicht hier. Du interessierst mich." Meine gespielte Entrüstung kaufte sie mir ab. Ich lernte interessante Leute kennen. Einen Millionär, einen Politiker, einen Aufsichtsratsvorsitzenden und viele Ärzte, hohe Beamte und Anwälte. Ich gab mich selbstsicher und weltoffen, bot keine Angriffsflächen.

Auch mein Doppelspiel, das ich mit einem Anwalt als Partner austrug, war von einem Siegeswillen beseelt. Wir gewannen das Match. Ich spielte gut und das gefiel einigen Clubmitgliedern. Sie wollten, dass ich dem Verein beitrete. Freundlich, aber bestimmt lehnte ich das Angebot ab. Weich wurde ich erst, als der Millionär Siegfried Siebert auf mich zukam. „Sebastian Prinz", rief er schon von Weitem. „Ich möchte Sie gerne nach Mallorca einladen. Ich habe dort eine Yacht, brauche aber einen guten Doppelpartner für den Tennismaster auf der Insel. Kommen Sie?" Wer war dieser Herr Siebert? Er war der Inhaber einer Privatbrauerei und millionenschwer. Ich zögerte etwas, doch dann erleichterte er mir meine mich drückende Entscheidungslast, indem er sagte: „Ich lasse Sie mit einer Privatmaschine einfliegen. Sie brauchen sich um nichts zu kümmern. Auf meiner Hazienda habe ich elegante Fremdenzimmer. Sie können auch Ihre Freundin mitbringen."

Marion, die das Gespräch mitgehört hatte, schüttelte den Kopf. „Nein, nein, er soll allein nach Mallorca fliegen." An mich gewandt, sagte sie: „Sind wir Freunde?" Ich ging ganz nah zu ihr hin. „Du bist mehr für mich."

Marion und ich verbrachten viel Zeit miteinander. Ich spürte immer deutlicher, dass sie sich in mich verliebt hatte. Ich versuchte, so gut es ging, ihre Gefühle zu erwidern, allerdings in gebremster Form. „Ich werde das Gefühl nicht los, dass dich etwas bedrückt. Was ist es?", fragte sie. Ich schüttelte den Kopf: „Ich will dich nicht mit meinen Problemen belasten." Marion kam auf mich zu, nahm mich in der Arm und flüsterte: „Liebst du mich?" Verdammt, diese Frage, schoss es mir durch den Kopf. „Natürlich, Marion, natürlich liebe ich dich." „Also kannst du mir auch alles erzählen." Sie ließ nicht locker und ich sah die Stunde als gekommen an.

„Ich brauche einen Auftrag, einen richtigen Auftrag, den mir mein Chef nicht wegnimmt." Marion streichelte meine Wange: „Ich rede mit meinem Vater, kann dir aber nichts versprechen." „Nein, Marion, das will ich nicht. Ich muss ohne fremde Hilfe einen Weg finden." „Bin ich eine Fremde für dich? Okay, wenn du nicht willst, dass ich mit meinem Vater rede, dann lassen wir das." Nun, das wollte ich auch nicht. „Ich möchte mit dir glücklich sein und dich nicht benutzen." Sie lachte: „Freunde helfen sich. Ich spreche mit meinem Vater."

Pass bitte auf, Sebastian

Ich war sehr aufgeregt. In kurzer Zeit hatte ich durch Marion die Chance bekommen, einen Auftrag zu erhalten, und ich erhielt eine Einladung nach Mallorca zu dem Millionär Siebert auf seinen Luxusdampfer. Ich fühlte mich schon groß und fand das Architektenbüro von Florian Bechthold zu klein für mich. Was ich ihn auch spüren ließ. Als er mir einmal sagte, ich solle eine angefangene Arbeit dringend zu Ende führen, antwortete ich: „Diese Tätigkeit muss warten, ein größerer Auftrag winkt mir." Mein Chef stutzte: „Du weißt schon, dass ich alle Aufträge gewichten will und mir das Recht vorbehalte, den Auftrag selbst zu bearbeiten. Ich konterte: „Es sei denn, der Auftraggeber will, dass ich ihn bearbeite." Eine weitere Antwort wartete ich erst gar nicht ab, sondern verschwand in mein Büro. Schnell schloss ich die Tür hinter mir, lehnte mich mit dem Rücken dagegen und murmelte: „Arschloch, du kannst mich mal."

Täglich wartete ich auf den Anruf von Marion, in dem sie mir mitteilen würde, dass ich mich bei ihrem Vater vorstellen könne.

In der Zwischenzeit verrichtete ich meine beruflichen Tätigkeiten routiniert, aber ohne innere Befriedigung. Das Verhältnis zu meinem Chef litt darunter. Auch meinen Kollegen entging die Entfremdung zwischen Florian und mir nicht. Heimliche Freude kam auf und ich spürte immer deutlicher, wie wenig ich in diesem Hause geschätzt wurde.

Wie es der Zufall wollte, traf ich in dieser Phase auf der Straße Stefanie. Ich lud sie in unser schönes Stadt-Café ein. Steffi schien um mich besorgt zu sein, jedenfalls war dies mein Eindruck, als ich ihre gerunzelte Stirn sah. „Was ist los mit dir, Steffi?" „Ich kenne dich doch ganz gut, Sebastian, oder nicht?" „Doch, du kennst mich, was soll die Frage?" „Du hast dich etwas verändert. Du bist unruhiger geworden. Du bist nicht mehr so humorvoll, ich würde sagen, du bist launischer geworden. Hat das mit deinem Beruf zu tun?" Steffi wartete auf meine Antwort und die fiel knapp aus. „Quatsch, ich bin so, wie ich immer war." „Nein, Sebastian", warf Steffi ein. „Du bist nicht mehr der Junge von damals. Du warst freundlicher, höflicher, sozialer, irgendwie glücklicher." Kritik an meiner Person konnte ich noch nie leiden. Ich ließ Steffi nicht weiterreden. Unwirsch und außergewöhnlich unfreundlich stand ich auf, warf einen Zehner auf den Tisch und rief: „Was geht dich das überhaupt an? Du bist nicht meine Mutter. Lass mich in Frieden." Ich drehte mich zur Tür und verließ den Raum fluchtartig.

Die große Chance

Marion hatte es geschafft.

Herr Zygowski, ein Bauunternehmer, rief mich zu sich. Ich war sehr nervös. Auf keinen Fall sollte er meine Unsicherheit spüren. Bevor ich an der großen Eichentür anzuklopfen wagte, richtete ich noch kurz meine Krawatte. „Nun gehen Sie doch rein, ihre Krawatte sitzt", hörte ich eine weibliche Stimme hinter mir rufen. Ich schaute mich um und sah in das freundliche Gesicht einer Büroangestellten. Ich gewann meine Selbstsicherheit zurück und antwortete, vielleicht etwas salopp: „Was glauben Sie, junge Frau, haben Sie schon jemals einen schöneren Mann vor der Tür ihres Chefs gesehen als mich?" „Macho", hörte ich die Dame flüstern und sah nur noch schemenhaft, wie sie mir einen Vogel zeigte. Mittlerweile wurde die Tür von innen geöffnet und die Sekretärin bat mich einzutreten.

Ich empfand den Raum als sehr kalt. Spartanische Einrichtung, funktionelle Möbel, in denen man sich nicht wohlfühlen sollte. Ein kleiner, altdeutscher Sekretär in der Ecke des Raumes wirkte auf mich wie ein Fremdkörper. Herr Zygowski schien eine Vorliebe für antike Möbel zu haben. Sofort fiel mir Dale Carnegie ein, der in seinen Schriften einen Vertreter zitiert, der einen Eisschrank nicht sofort verkaufen kann. Auf Grund der großen Anzahl an Mitbewerbern wählt er den Umweg über ein bestimmtes Möbelstück, um das Interesse des Kunden zu wecken. Der Rest war dann nur noch Formsache. Eine gute Idee, so wollte ich es auch angehen. Nach der obligatorischen Begrüßung zeigte ich auf den Sekretär und sagte: „Ein wunderschönes Stück, Sie sind ein Liebhaber dieser Art Möbel?" Der Bauunternehmer schien meine Frage nicht zu hören. Er zeigte mit seiner Hand auf den Ledersessel vor seinem Schreibtisch. Ich nahm Platz, legte meine Hände gefaltet in den Schoß, um sie sofort wieder auseinanderzunehmen. Wohin mit meinen Händen? Wo ich sie auch unterbringen wollte, alle Maßnahmen wirkten unsicher. Schließlich ließ ich sie auf den Knien ruhen.

„Kennen Sie Dale Carnegie?" Zygowskis Frage erschlug mich förmlich. Ich nickte mit leicht geröteten Ohren. Unbeirrt fuhr der Bauunternehmer fort: „Versuchen Sie nicht, seine Lehren zu kopieren und hier anzuwenden. Ich habe Sie gerufen, weil ich Ihre Entwürfe schätze und sie so sind, wie sie sind. Verstellen Sie sich nicht, verstanden?" Wieder nickte ich und spürte langsam meine Energie und Selbstsicherheit zurückkommen. Mal wirkte ich arrogant, mal hilflos. Da beides nicht gut war, dann doch lieber arrogant.

„Sie haben mich durchschaut Herr Zygowski. Sie sind für mich ein großes Vorbild und ich möchte einmal so werden wie Sie. Darum finde ich wohl noch nicht die richtige Ansprache, verzeihen Sie mir." „Papperlapapp", knurrte der Bauunternehmer und warf mir ein Heft zu, das ich noch gerade auffangen konnte. „Lesen Sie", sagte er. Ich blätterte in dem Heft und las darin etwas über ein Projekt, das sich mit der architektonischen Durchführung eines Kindergartens beschäftigte. „Wollen Sie das machen?", fragte er mich und ich nickte sofort. Das würde ein erster großer Schritt für mich als jungen Architekten sein. „Wenn das klappt", hörte ich ihn sagen, „bekommen Sie ein Krankenhaus zur Planung." „Es ist eine große Chance für mich", antwortete ich selbstsicher. „Sie werden zufrieden sein."

Herr Zygowski zeigte mit der Hand auf die Tür. Ich stand auf und wollte gehen, da sagte er noch: „Was ist mit meiner Tochter? Lieben Sie das Mädchen. Was haben Sie vor?" Verblüfft antwortete ich: „Ich bin ein junger Architekt, der erst seine berufliche Perspektive klären muss. Ich mag Ihre Tochter sehr. Ich möchte sie glücklich machen und mich gleichzeitig auch. Erst der Beruf, dann die Familie." Der Bauunternehmer nickte: „Genau das ist der richtige Weg, auf Wiedersehen." Als ich den Raum verließ, hörte ich das Telefon klingeln. Herr Zygowski war wieder bei der Arbeit, und ich? Ich hatte einen tollen Auftrag und Marion? Sie würde mir schon helfen.

Was man nicht sehen will, sieht man auch nicht

Eigentlich hatte ich gar keine Zeit. Doch ich traf Stefanie auf der Straße und sie bat mich, mit ihr einen Kaffee trinken zu gehen. Das kleine Stadt-Café war gleich um die Ecke. Unmittelbar neben der Tür war ein Tisch mit zwei Stühlen noch frei. Es zog kräftig, immer dann, wenn die Tür für einen neuen Gast geöffnet wurde. Ich wollte sowieso nicht lange bleiben.

„Du strahlst ja so", sagte Steffi zur Begrüßung. „Ist etwas geschehen?" „Ja, Steffi, ich habe einen tollen Auftrag vom Bauunternehmer Zygowski erhalten. Ich plane einen Kindergarten. Ist das nicht toll?" Steffi nickte, aber ihr Gesicht teilte meine Freude nicht. „Freust du dich für mich?" Auf die Antwort musste ich etwas warten, weil die Bedienung uns mit dem gewünschten Kaffee bewirtete. „Ja, Basti, ich gratuliere dir. Zygowski – ist das nicht der Vater deiner Freundin, wie heißt sie noch, ach ja, Marion." „Was willst du damit sagen?" Ich war etwas ungehalten. „Ich will dir nicht zunahetreten, aber ist der Auftrag nicht deiner

Beziehung zu seiner Tochter geschuldet.?"
Ich war jetzt wirklich ärgerlich, aber trotzdem antwortete ich bedächtig und ruhig.
„Steffi, wir kennen uns schon lange. Niemand anderes dürfte mir das sagen. Ich bin ein hervorragender Architekt, das hat sich in der Branche herumgesprochen. Herr Zygowski hat meine Arbeit bewertet."
Schweigend tranken wir unseren Kaffee. Dabei gingen mir dennoch weiter Gedanken durch den Kopf, die mir nicht gefielen. Hatte Steffi vielleicht doch Recht? Herr Zygowski wusste von meiner Beziehung zu seiner Tochter und er liebte sie sehr. War das vielleicht doch ein kleines Gastgeschenk? Ich wischte die Gedanken schnell aus meinem Gehirn und sah vor meinem geistigen Auge nur noch den Kindergarten.
„Ich wollte dich nicht verletzen, Basti, aber du bist doch mein bester Freund." Ich nickte. Sie konnte mir viele Ratschläge mitteilten, die bei mir allerdings auf taube Ohren stießen. Geistig war ich schon mitten in der Planung und noch etwas anderes kam hinzu: Ich musste Marion bei Laune halten. Sie muss mir weiter auf dem Weg nach oben helfen. Steffi nützte mir dabei nichts. Sie

war eine gute Altenpflegerin, aber meiner Karriere war sie nicht dienlich. Was hatte mich Vater Zygowski zum Schluss noch gefragt: „Lieben Sie meine Tochter?" Was für ein großes Wort. Ich liebe mich und meine Karriere, nichts weiter. Jetzt erst spürte ich, dass Steffi aufgehört hatte zu reden. „Hast du mir überhaupt zugehört, Basti." „Natürlich" antwortete ich spontan und log. Ich hatte nicht zugehört, ich hatte nur mir zugehört. Um das Thema zu beenden, sagte ich: „Sei mir nicht böse, Steffi, aber die Pflichten rufen. Mach es gut, wir sehen uns." Ich stand auf, legte einen Zehner auf den Tisch und bat Steffi, zu bezahlen. Von draußen sah ich sie am Tisch sitzen und mir nachdenklich hinterherschauen. Doch meine Gedanken waren schon längst bei Marion. Zu ihr musste ich jetzt gehen.

Ich kann es nicht lassen

Ich weiß bis heute nicht, mit was ich Marion überzeugt hatte, jedenfalls war sie in mich verliebt. Gerne hätte sie von mir diese berühmten drei Worte gehört, doch mein Mund blieb diesbezüglich verschlossen. Ich konnte es nicht. Auch fiel es mir schwer, mit ihr zu schlafen. In den ersten Tagen unserer Bekanntschaft war noch alles anders gewesen. Ich war zum Schauspieler mutiert und beherrschte meine Rolle perfekt. Ich setzte meinen Körper ein, wenn es notwendig war, und säuselte ihr Sätze ins Ohr, die sie begeistert aufnahm. Sie mochte es sehr, wenn man sie am Haaransatz streichelte und küsste. Ihre Erregung konterte ich mit den Möglichkeiten, die ich ihr zu bieten bereit war. Sie war zufrieden und liebte mich. Ich war zufrieden und freute mich über das Wohlwollen ihres Vaters.

Da rief Siegfried Siebert mich an und bat mich, die „Mallorca Open" mit ihm als Doppelpartner zu spielen. Ich zögerte nicht eine Minute, zumal er für mich einen Learjet am Flughafen Bielefeld-Windelsbleiche bereitstellte. Ich muss gestehen, dass ich von

mir überzeugt war. Meine Wirkung auf Andere sprengte den Rahmen. In meiner Ei-
genbetrachtung sah ich nur positive Merk-
male: guter Tennisspieler, feiner Rhetoriker,
kurzum, ein Menschenfischer. Auf Mallorca
las man mir jeden Wunsch von den Augen
ab. Man hofierte und betreute mich. Ich
musste nur noch den Mund aufmachen, um
die gebratenen Tauben hineinzulassen.

Siegfried verstand es, immer wieder seine
hübsche Tochter Johanna an meine Seite zu
stellen, damit sie mich unterhalten konnte.
An einem Abend vor dem Turnier saß ich
mit ihr in einer kleinen Taverne. Wir tranken den mallorquinischen Sincronia Negre,
er schmeckte vollmundig, mit intensivem
Beerenaroma. Ich weiß nicht, wie lange wir
dort saßen und wie viel Wein wir konsu-
mierten. Mein Redefluss wurde abrupt gestoppt, als ich ihre Hand auf meinem Ober-
schenkel spürte. Meine Männlichkeit schrie
förmlich nach Vereinigung und meine Hand
fand automatisch den Weg zu ihrer Bluse.
Meine Finger spürten die warmen, weichen
Rundungen ihrer Brust. Vorsichtig nahm sie
meine Hand und führte sie in die Aus-
gangsposition zurück.

„Nicht hier", flüsterte sie mir zu. Ernesto, der Wirt, wischte seine Hände an der Schürze ab, lächelte mir zu und wies mit seiner Kopfhaltung Richtung Treppe. Aha, dachte ich, er hatte verstanden. Wir gingen die Treppe nicht empor, sondern zogen uns gegenseitig Stufe für Stufe hinauf, wobei unsere Lippen ineinander verschmolzen.

Am Ende der Treppe betraten wir die kleine, frei gewordene Kammer und dort verließen uns alle moralischen Grundsätze. Wir verfielen unserer Leidenschaft und verbrachten eine hemmungslose, zügellose Nacht. An Schlaf war nicht zu denken.

So war ich beim Frühstück ausgesprochen müde und körperlich ausgelaugt, obwohl Johanna alles daransetzte, um mich für das Turnier mit starkem Kaffee, Orangensaft, Tabletten und einem Rollmops fit zu machen. Doch an der Ballmaschine fand ich meine Kraft wieder und freute mich auf das Turnier. Damit ich nicht abgelenkt wurde, war Johanna als Zuschauerin nicht zugegen. Im Doppel erreichten wir auch mühelos das Halbfinale, doch dann patzte ich zweimal beim Tiebreak und wir schieden aus. Siegfried war sauer: „Mensch wie konnte das passieren?" Ich entschuldigte mich wie ein Schulkind. „Kommt nicht wieder vor, versprochen." „Hoffentlich" antwortete der Millionär knapp. Doch schon am Abend war das Turnier vergessen. Vergessen hatte ich aber auch den Termin mit Bauunternehmer Zygowski. Marion hatte zweimal versucht, mich auf meinem Handy zu erreichen. Natürlich hatte ich in der besagten Nacht meinen Mobilfunk ausgeschaltet.

So kam ich mit einem Tag Verspätung in Bielefeld an.

Das Hin und Her

Der Termin bei Gerrit Zygowski war nicht von Harmonie geprägt. Er ließ mich wie einen Schuljungen spüren, wer die Macht in den Händen hielt, nämlich er. Wütend rief er mir zu: „Ich habe dir alle Chancen geboten für deine Selbstständigkeit. Ich habe deinen Rückzahlungskredit mit einer zinslosen Zahlpause von fünf Jahren ausgestattet. Du hast Zeit, dich einzurichten, das Einzige, was ich verlange, ist, Projekte fristgerecht zu bearbeiten und Gesprächstermine einzuhalten, hast du mich verstanden?" Ich nickte artig und dachte bei mir: Deine Macht will ich mal haben. „Erkläre Dich", hörte ich den Bauunternehmer sagen und ich antwortete: „Die Bedingungen des Turnieres waren ungünstig und hatten Zeit gekostet." „Habt ihr gewonnen oder verloren?" „Verloren." „Wie kam das?" „Ich hatte einen schlechten Morgen, fühlte mich nicht wohl. Ich habe zwei Bälle verschlagen."
Gerrit Zygowski lächelte milde und sagte: „Du kannst machen, was du willst, aber halte die Fristen ein." Ich versprach es ihm

und eilte auf direktem Weg zu Marion. Sie konnte an meinem Gesicht ablesen, wie tief die Schelte ihres Vaters mich getroffen hatte, machte aber keine Anstalten, mich mit tröstenden Worten aufzurichten. Sie blätterte stattdessen in einem Hochzeitskatalog, zeigte mir Brautkleider und wollte wissen, wo wir wohnen würden. „Du liebst mich doch", sagte sie und fuhr lächelnd fort: „Wann werden wir heiraten?" Ich war wie vor den Kopf geschlagen. Was sollte ich antworten? Ich liebte sie, weil sie die Tochter meines Geldgebers war und ich mir dadurch weitere Treppenstufen nach oben versprach. Ich wollte überhaupt nicht heiraten, weder sie noch eine andere. Ich hatte ihr dieses Versprechen in einer schwachen Stunde gegeben. Dass sie mich beim Wort nehmen würde, hatte ich nicht ahnen können, und jetzt? „Marion, ich hatte heute ein unangenehmes Gespräch mit deinem Vater. Ich möchte jetzt zuerst die Planung des Kindergartens vollenden. Lass uns später darüber reden."

Ich war froh, als plötzlich mein Handy klingelte und ich durch das Gespräch abgelenkt wurde. Johanna war am Ende der Leitung und ließ mich wissen, dass ihr Vater mich als Doppelpartner erwarte. So flog ich wieder nach Mallorca und gewann als Doppelpartner von Siegfried Siebert das Kurzturnier haushoch. In der „Mallorca Zeitung" stand am nächsten Tag: „Die Prinzenrolle wurde zur Lawine. Prinz/Siebert deklassierten Kasimir/Haufert." Prinzenrolle nannte man mich, weil ich versuchte, jeden Ball zu erreichen und dabei die Boris-Becker-Rolle früherer Jahre übernahm. Siebert war begeistert und ließ sich sein Hochgefühl wieder etwas kosten.

Johanna zog mich in ihren Bann. Von ihr ging eine Aura aus, der ich einfach nicht widerstehen konnte. Wir liebten uns in den unmöglichsten Ecken, denn das machte den Reiz aus. Unser Lieblingsplatz war ein Beiboot der Luxusjacht ihres Vaters. Doch diesmal versuchte ich mich schnell von ihr zu lösen, um nach Deutschland zurückzufliegen. Ich wollte den Bauunternehmer nicht noch einmal enttäuschen und die Planung des Kindergartens rechtzeitig abschließen.

Johanna musste in mir eine Unsicherheit festgestellt haben und sprach wohl mit ihrem Vater darüber. Gerade in der Endphase meines Projektes ereilte mich wieder der Anruf des Millionärs, für ein Kurztraining zu erscheinen. Wieder flog ich nach Mallorca.

Ein unschlagbares Angebot

Ich ahnte Schlimmes, als mich Siegfried Siebert in sein Büro auf dem Schiff rief. Er saß nicht hinter seinem Schreibtisch, sondern bot mir einen Stuhl an einem Glastisch an, zu dem er sich selbst gesellte. Kaffee, Kekse und Salzstangen standen einladend bereit.

„Pass auf, Sebastian. Ohne Umschweife will ich gleich zum Kern meines Anliegens kommen. Ich möchte dich immer in meiner Nähe wissen. Ich weiß, dass du bei Gerrit Zygowski unter Vertrag stehst. Ich müsste dich also herauskaufen. Auch den Kredit, den er dir gegeben hat, müsste ich auslösen. Ich würde dir ein Handgeld von einer Million geben. Du müsstest nicht mehr jeden Job annehmen, sondern kannst dir in meinem Unternehmen die Position aussuchen, die dir gefällt. Was sagst du dazu?" Mir stockte der Atem. Eine Million Handgeld, was für ein Angebot.

„Die Million zahlst du mir ohne Sicherheit?" „Nicht ganz", lachte Siegfried „Ich binde dich mit diesem Geld an mich. Solange du an meiner Seite stehst, ist alles okay.

Solltest du mich betrügen, verlassen oder gegen mich sein, musst du den Betrag zurückzahlen." „Das ist unfair. Ich bin dadurch nicht frei, sondern dein Gefangener." Nun wurde Siegfried ernst: „Du bekommst alles, was du willst, ohne Verpflichtung. Wenn dich das stört, dann lege ich in dem Vertrag eine Abstandssumme fest, die du erhältst, wenn du gehst. Ist das okay?" „Was soll ich arbeitsmäßig tun und wie wird diese Arbeit entlohnt?" „Du kannst wählen zwischen der Position eines Kreuzfahrtdirektors auf meinem Kreuzfahrtschiff und der eines Geschäftsführers des hiesigen Tennisclubs. Du wirst nach den üblichen Konditionen bezahlt und das ist nicht wenig." „Lass mich nachdenken, gib mir etwas Zeit."

Nach unserem Gespräch flog ich wieder nach Bielefeld. Meinen Job in der Kindergartenplanung ging ich ohne äußere Einflüsse nach und konnte das Projekt zwei Tage vor Abgabetermin dem Bauunternehmer überreichen. Sein Lob schmeichelte mir und ich war überzeugt, der beste Architekt auf Gottes Erdboden zu sein. Nachts aber lag ich wach und dachte über das Angebot von Siegfried Siebert nach. Ich dachte auch an die süße Verlockung seiner Tochter Johanna. Gleichzeitig aber sah ich Marion im Hochzeitskleid. Wie sollte ich mich entscheiden und wo blieb ich im Spiel der Giganten? Was wollte ich? Ich hatte nur ein Ziel: Ich wollte nach oben. Vielleicht sogar später in die Politik wechseln. Ich brauche beide, dachte ich bei mir. Bei beiden möchte ich auf der Woge des Erfolges schwimmen.

In einem Telefonat mit Herrn Siebert nahm ich sein Angebot an. Ich bat aber darum, meine Projekte für Herrn Zygowski in Ruhe und ohne Zeitdruck erledigen zu können. Wir waren uns einig und ich gewann Zeit zum Nachdenken.

Es geschah in einer Nacht

Marion war sich ihrer Sache sicher: Sie wollte mich heiraten. Doch je öfter ich mit ihr zusammen war, desto deutlicher spürte ich eine leichte Entfremdung. Jeder Kuss kostete mich Überwindung. Eines Tages verstellte sie mir mit ihrem ganzen Körper die Tür, als ich gerade wieder einmal gehen wollte. Ich schob Zeitknappheit wegen Arbeit vor.

„Ich will von dir wissen, was los ist. Ich merke doch, wie abwesend du bist. Liebst du mich nicht mehr? Willst du überhaupt noch heiraten?" Jetzt war der Zeitpunkt gekommen, da ich meine ganze schauspielerische Kraft einsetzen musste, um sie zu überzeugen. Ich brauchte sie schließlich noch und natürlich besonders ihren Vater. Die großzügigen Kredite, die er mir eingeräumt hatte, sowie seine Aufträge bildeten die Basis meiner Selbstständigkeit.

Ich nahm Marion in den Arm, drückte sie und sagte: „Es ist alles okay. Ich bin nur etwas müde." Sie nahm mich an die Hand, führte mich zum Sofa, legte meine Beine hoch und sagte: „Jetzt ruhe dich erst mal aus, ich bringe dir Kaffee und ein schönes Frühstück." Sie verwöhnte mich und ich überließ mich ihrer Zuneigung. Dennoch flog ich einen Tag später wieder nach Mallorca. Dort genoss ich ausgiebig das mittlerweile schon berühmte Beiboot. Mallorca–Bielefeld, Bielefeld–Mallorca, die Reisen und die Zeiten überschlugen sich. Ich befand mich in einem Kreislauf des Irrationalen. Ich achtete nicht mehr auf meine Gesundheit. Ich wusste nur, dass ich lieber bei Johanna als bei Marion war. Ich musste weiterhin lügen und dabei aufpassen, dass ich mich nicht in Widersprüche verwickelte. Der menschliche Körper hält eine Menge aus, aber irgendwann braucht er Zeit zur Regeneration und Genesung. Ich konnte nicht mehr.

Als ich, wieder einmal in Bielefeld, an meinem Projekt arbeitete, merkte ich, wie meine Konzentration und meine Kraft nachließen. Ich nahm meine Jacke vom Haken, eilte hinaus in die abendliche Stadtatmosphäre und schlenderte durch die Altstadt. Ich sah die Neonbeleuchtung der kleinen Bar „Zum Westfalen". Jetzt erst einmal alles vergessen, dachte ich. Ich wollte mich einfach nur benebeln lassen. Ich betrat die Bar und setzte mich auf den nächsten freien Hocker an der Teakholzbar. Eine attraktive Blondine beugte sich vor und ließ den Blick auf ihre gefestigten Brüste frei. „Was darf ich dir bringen?" Ihre Anfangsfrage hörte ich nicht, erst die Wiederholung schreckte mich auf. „Was darf ich dir bringen?" „Was trinkst du denn?" „Na, ist doch klar, teuren Sekt." „Bring mir eine Flasche, aber nur, wenn du mir Gesellschaft leistest." „Ich arbeite hier, was denkst du, was ich hier mache?" „Gehe zu deinem Chef, sage ihm, ich würde dich für heute Abend rauskaufen. Es soll nicht sein Schaden sein. Wenn nicht, gehe ich wieder."

Die Bardame verschwand, kam nach kurzer Zeit zurück und führte mich in ein Separee. „Denke nicht, ich bin so eine, die man einfach haben kann. Ich kenne meine Grenzen." Ich musste lachen. „Grenzen kann man auch mit Geld überwinden. Wie ist dein Name?" „Man nennt mich Scarlett." „Fein, Scarlett, und ich bin heute dein Rhett Butler. Du kennst doch den Film *Vom Winde verweht*." Wir tranken, wir redeten, wir küssten uns und ich hatte längst schon ihre

Brüste freigelegt, die mich immer stärker in Aufregung versetzten. Sie spürte meine Männlichkeit und verstand geschickt, diese auch noch anzuheizen. Ich schloss die Augen, ließ mich fallen und gab mich diesem Augenblick genießerisch hin …

Ich wusste am nächsten Morgen nicht, was ich alles erzählt hatte. Ich wusste auch nicht, wie ich in ihre Wohnung gekommen war. Anfangs hatte ich sogar ihren Namen vergessen, der mir später wieder einfiel, als ich an den Film denken musste. „Guten Morgen, mein Schatz", hörte ich eine ebenso verräucherte Stimme wie die meinige. „Frühstück ist fertig." Ich hatte bereits meine Kleidung gerichtet und eilte zur Tür. „War nett bei dir, danke, aber ich muss gehen." „Wann sehen wir uns wieder und planen unsere Zukunft?" Ich drehte mich um und sah sie erstaunt an. „Was für eine Zukunft? Was habe ich dir denn erzählt? Wir beide haben Spaß gehabt, ich habe dafür teuer bezahlt. Was willst du noch?" Die Tasse in Scarletts Hand fiel zu Boden und zerschellte lautstark. Sie sah mich verwundert an. „Du hast gesagt, ich sei die Richtige. Du wolltest mich aus der Bar holen, mit mir leben. Du wolltest jeden Tag Liebe von mir und ich versprach es dir." Ich rief ihr entsetzt zu: „Du irrst dich, Scarlett. Ich habe deinen Chef reich gemacht. Wir haben uns geliebt und hier bekommst du noch einmal Taschengeld. Das war es, mach es gut." Ich nahm aus der Geldbörse 300 Euro und legte sie auf den Wohnzimmertisch. Dann verließ ich die Wohnung und betrat, noch etwas benebelt, die Straße. Im oberen Stockwerk öffnete Scarlett das Fenster und rief so laut, dass die Passanten auf der Straße sich umdrehten. „Ich bin keine Nutte und lasse mich nicht so abfertigen. Du wirst mich noch kennenlernen, du Schwein."

Ich hörte es, aber es störte mich nicht. Ich ging auf direktem Weg nach Haus. Vor der Tür merkte ich, dass mir die Hausschlüssel fehlten. Ich musste den Schlüsselbund bei Scarlett verloren haben. Was nun? Ich setzte mich auf die Treppe und überlegte. Plötzlich erschien Stefanie in der Haustür. Sie erfasste die Situation sofort. „Was ist mit dir passiert?" Ich zuckte mit den Schultern. „Ich habe die falsche Kneipe aufgesucht und bei einer falschen Dame übernachtet. Steffi, ich bin ein Idiot." „Ja, das bist du",

war ihre knappe Antwort. „Der Schlüsselbund liegt in ihrer Wohnung?" Ich nickte.
„Gib mir ihre Adresse, ich hole dir die
Schlüssel." „Das würdest du tun?" „Wer
denn sonst." Stefanie fuhr los und klingelte
bei der immer noch aufgebrachten Scarlett.
Sie ließ Stefanie nicht in ihre Wohnung,
sondern warf ihr den Schlüsselbund vor die
Füße. „Wenn Sie seine kleine Schlampe
sind, dann richten Sie ihm aus, dass ich
nicht verzeihe. Diese Verletzung wird er
teuer bezahlen." Sie knallte die Tür zu und
Stefanie fuhr wieder zu mir, um mir den
Schlüssel zu geben.

„Was sagen denn deine anderen Freundin-
nen zu deinen Eskapaden?" „Die dürfen es
nicht wissen, Steffi. Meine Existenz wäre
dann zerstört. Danke, dass du das für mich
getan hast. Ich werde duschen und dann
wieder arbeiten." Steffi wusste genau, wann
sie sich zurückziehen musste, wann ich
nicht mehr reden wollte. „Kann ich noch
etwas für dich tun?", fragte sie und ich
brummte nur: „Danke, du hast genug getan.
Mach es gut." Ich nahm sie nicht in den
Arm, um sie zu drücken. Ob sie darauf gewartet hatte, so als Dankeschön? Ich wusste

es nicht und es war mir auch egal. Ich verdrängte alle unlieben Gedanken und ging kraftvoll meiner Planung nach, die kurz vor der Vollendung stand. Ich dachte auch nicht mehr an Scarlett.

Der Einzige, dem ich meine Eskapaden anvertrauen konnte, war mein Freund Dennis Kerkhoff. Er war es auch, der mich ermahnte: „Hast du dir einmal überlegt, dass Scarlett deinen Hausschlüssel nachmachen lassen kann? Soweit ich weiß, hast du auch deine Adresse darin eingenäht." „Warum sollte sie das tun? Was hätte sie davon?" Mein Freund schüttelte den Kopf: „Ich kenne die Dame nicht. Ich würde das Türschloss auswechseln lassen." Ich verwarf diesen Gedanken, weil die Zeit für solche Aktivitäten einfach zu kurz war. Ich wollte an dieses unschöne Erlebnis nicht mehr erinnert werden. Jetzt galt es, mich den beiden Frauen, Marion und Johanna, zu widmen. Sie waren mir eine bessere Gesellschaft.

Ein ungebetener Gast

Bauunternehmer Gerrit Zygowski war mit meiner Arbeit zufrieden. Er hatte von meinen Eskapaden nichts mitbekommen. Der einzige Schwachpunkt war Marion, die an meiner Zuneigung zweifelte und mit ihrem Vater darüber gesprochen hatte. Herr Zygowski lobte zwar meine Arbeit, blieb aber privat äußerst reserviert. Ich versuchte Marion etwas vorzumachen und spielte meine letzten Trümpfe aus.

„Liebe ist nicht alles", sagte ich einmal zu ihr, „vielmehr müssen wir als Gemeinschaft funktionieren." Es waren Allgemeinsätze, die als Sprechblasen über uns schwebten. Ich musste nichts beweisen und gewann Zeit. Ebenso erging es mir bei Johanna. Sie reizte mich, weil ihr immer häufiger Spiele einfielen, die zu mir passten. Es kam nie Langeweile auf. An einem dieser euphorischen Tage sagte sie urplötzlich zu mir: „Bleib hier, am besten für immer. Ich brauche dich und du brauchst mich." Ich erschrak, ließ es mir aber nicht anmerken. Jetzt begann das gleiche Szenario wie schon bei Marion. Sie wollten alle mehr, aber dazu war ich nicht bereit. Ich wollte zwar auch mehr, das war richtig. Ich wollte aber mehr vom Leben, schnell nach oben und das mit der Hilfe anderer. Beide Frauen sollten mir dabei helfen. Den Wunsch, ich solle doch auf Mallorca bleiben, äußerte auch Johannas Vater, als ob sich beide abgesprochen hätten. Er gab mir zum wiederholten Male die Adresse seines Anwalts, der Kanzlei Wolfgang Westerholz. Von ihm sollte ich mich beraten lassen, wie ich aus den Verträgen des Bauunternehmers Zygowski herauskommen könnte. Ich wollte das aber nicht.

Zurück in Bielefeld, betrat ich meine Wohnung müde und gedankenschwer. Als ich in das Wohnzimmer eintrat, erschrak ich. Der Tür vis-à-vis im Fernsehsessel saß Scarlett Macron. „Was machst du hier?", rief ich entrüstet. „Wer hat dich reingelassen?" Die Frau hielt einen Schlüssel hoch. „Habe ich nachmachen lassen." Schlagartig kamen mir die Worte meines Freundes in Erinnerung: „Ich würde das Türschloss austauschen lassen …" „Was willst du hier?", war wieder meine hilflose Frage. Scarlett stand auf, beugte sich zu mir und sagte: „Du sollst dein Versprechen einlösen. Wenn du das nicht tust, warte mal ...", sie blätterte in einigen Papieren, dann fuhr sie fort: „Was habe ich hier alles gefunden: Kreditverträge mit Herrn Zygowski, Geldzuwendungen von Herrn Siebert. Na ja, und Briefe von einer Marion und einer Johanna. Welche von diesen Schlampen war die, die bei mir den Schlüssel abgeholt hat? Wenn die alle von mir erfahren, was für ein Schwein du bist, wirst du wohl keine tolle Zukunft mehr haben?" Nun trat sie sehr nahe an mich heran und flüsterte mir ins Ohr: „Ich mache dich fertig, du Schwein. Du wirst alles verlieren. Es sei denn, du löst ein, was du mir im Bett versprochen hattest." „Raus!", war meine knappe Antwort. „Verschwinde und lass dich hier nie wieder sehen." Sie ging an mir vorbei und warf mir dabei meine gesammelten Werke ins Gesicht. „Mich demütigt man nicht ungestraft. Übrigens warst du so toll im Bett auch nicht, du Schlappschwanz."

Ich setzte mich in den Fernsehsessel, schenkte mir einen Schnaps ein und kippte ihn ohne mit der Wimper zu zucken herunter. Es folgten noch weitere zwei bis drei.

Zum ersten Mal liefen mir Tränen über die Wange. Ich weinte und bekam Angst vor meiner eigenen Courage – und ich bekam Angst vor dieser unberechenbaren Frau.

Rechtfertigungsversuch

Gerade als ich Marion davon hatte überzeugen können, mir zu vertrauen, rief mich ihr Vater in sein Büro. Er war sehr ernst, sah mich kaum an und blätterte konzeptlos in seinen Schreibtischpapieren. „Erkläre mir eins", sagte er knapp und mit heruntergezogenen Mundwinkeln. „Wo warst du vorgestern Abend?" Ich zuckte mit den Schultern, wusste mit der Frage nichts anzufangen. „Ich war zuhause und habe an meinem Projekt gearbeitet." „Hast du dafür Zeugen?" Meine Verwunderung stieg: „Nein, wer sollte auch bei mir gewesen sein." Gerrit Zygowski kam hinter seinem Schreibtisch hervor, verschränkte seine Arme und rief: „Du hast vorgestern im Kaufhaus in Bielefeld im Treppenhaus eine junge Frau unsittlich belästigt. Es wäre fast zu einer Vergewaltigung
gekommen." Ich wurde blass, ließ mich ungefragt auf einen Stuhl nieder und stotterte: „Wer hat das gesagt?" „Eine Frau hat mich angerufen und mir weinend ihr Leid geklagt." Nun wurde der Bauunternehmer noch deutlicher: „Erkläre dich bitte." Ich bin eigentlich nicht auf den Mund gefallen,

64

bei dieser Überraschung fehlten mir allerdings anfangs die Worte, aber nur anfangs. „Diese Anruferin hat gelogen. Hier will mir jemand etwas Böses. Nichts davon ist wahr, glaube mir das bitte." Der Bauunternehmer sah mich durchdringend an. „Ich kann es mir auch nicht vorstellen. Bitte regle diese unschöne Angelegenheit und gehe zur Polizei. Sieh zu, dass ich nicht weiter damit belästigt werde. Marion erfährt davon nichts."
Ich konnte mir zwar denken, wer das gewesen war. Ich schwieg aber dazu. Die Bestätigung erhielt ich durch einen Anruf von Siegfried Siebert. Er zitierte mich diesmal nicht zu sich, sondern fluchte direkt durchs Telefon: „Was ist das für eine Scheiße! Du hast eine Frau vergewaltigt." Auch ihn konnte ich beruhigen. Alles noch einmal glattgegangen, dachte ich danach. Es folgten aber bei beiden Familien weitere Anrufe. Mal sollte ich eine Frau vergewaltigt haben, mal sei es nur beim Versuch geblieben, dann wiederum hätte ich eine Frau geschlagen usw. Über meine Anzeige gegen unbekannt bei der Polizei lachten die Beamten nur. „Haben Sie einen konkreten Namen?" Ich wusste zwar, wer das gewesen war,

konnte es aber nicht beweisen. Die Anzeige landete in einem roten Eimer, der stand für ‚Keine Weiterverarbeitung', kurz: Papierkorb. Meine Rechtfertigungsversuche fielen aber auf fruchtbaren Boden. Man glaubte mir, aber wie lange noch?

Ich weiß nicht, warum meine Nervosität immer dann besonders groß war, wenn mich der Bauunternehmer zu sich rief. Wieder einmal stand ich vor seinem Schreibtisch und er bot mir keinen Platz an. Vor ihm auf dem Tisch lag ein Päckchen. Ganz vorsichtig mit zwei Fingern zog er etwas daraus hervor. Ich starrte auf die Textilien und erkannte meinen Schlafanzug. Dann las er mir einen Brief vor: „Bitte seien Sie so gut und geben Sie das Nachtgewand Herrn Prinz. Er hat das Teil bei mir vergessen. Es hat sich nicht gelohnt, mit ihm zu schlafen, er ist ein harmloser Amateur."

„Nun, Herr Prinz", siezte Gerrit Zygowski mich plötzlich, „gibt es auch dafür eine Erklärung?" Ich zuckte mit den Schultern und antwortete leise: „Nein! Ich war in einer schwachen Stunde bei einer Frau. Die will mich nun fertigmachen." „Mein Vertrauen haben Sie missbraucht. Meine Tochter in das Tal der Tränen geschickt. Gehen Sie mir aus den Augen. Ihr Projekt wird ein anderer Architekt bearbeiten. Sie hören von mir und jetzt raus – und nehmen Sie diesen Dreck mit."

Nachdem ich das Büro verlassen hatte, mit dem Schlafanzug unter dem Arm, traf ich wieder auf Marion. Sie schien auf mich gewartet zu haben. Sie sah mich an und sagte: „Warum, Sebastian, warum nur? Hat dir meine Liebe nicht genügt?" Bevor ich eine Erklärung abgeben konnte, eilte sie davon.

Ich wusste genau, wer mir Böses wollte, konnte es aber nicht beweisen. Fakt war – und das ließ sich nicht mehr leugnen –, dass ich mit Scarlett geschlafen hatte. Marion und ihren Vater hätte ich noch verschmerzen können, von diesen beiden wollte ich mich ja sowieso lösen. Viel wichtiger war mir die Familie Siebert auf Mallorca. Allerdings brannte es auch dort lichterloh, wie ich erfuhr, als Siegfried Siebert mich anrief. „Wir haben hier ein Päckchen bekommen. Darin lagen drei Unterhosen und ein Brief. Die Unterwäsche hättest du bei der Dame vergessen. Dein Besuch bei uns ist erst einmal vorbei und zwar so lange, bis du hier

mit einer vernünftigen Erklärung er-
scheinst." Das Gespräch wurde danach abrupt von ihm beendet. Ich konnte meine
Wut kaum noch bremsen und schrie: „Danke, Scarlett, das war eine Meisterleistung
von dir." Mit der geballten Faust in der Tasche lief ich zum „Westfalen."

Ein Mann gibt nicht auf

Bevor ich die Bar betrat, blieb ich noch kurz vor der Tür stehen, um nicht in meiner starken Erregung die falsche Reaktion zu zeigen. Dennis, der Rausschmeißer, kannte mich schon. Er rief mir zu: „War es nett mit Scarlett?" Ich reagierte kaum auf die Bemerkung, sondern warf ihm einen eisgekühlten Blick zu. Dann betrat ich die Bar und sah schon von der Tür aus, wie Scarlett hinter der Theke für Stimmung sorgte. Sie sah mich zwar kommen, nahm aber kaum Notiz von mir. Das änderte sich erst, als sie mir unaufgefordert das Bier servierte.

„Ich dachte, du hättest dir mittlerweile eine andere Bar ausgesucht", flüsterte sie mir zu. Ich hielt sie am Arm fest. „Du kannst mich nicht fertigmachen, du nicht. Deine Päckchen und die Anrufe bei meinen Kunden nützen dir wenig." „Moment mal", sagte sie und löste sich aus meinem Griff. „Von was redest du da? Ich habe nichts gemacht." „Du hast den Schlafanzug und die Unterwäsche verschickt. Du hast telefonisch eine Vergewaltigung vorgetäuscht." Ruhig bediente sie die anderen Gäste an der Theke, dann kam sie zu mir zurück. „Wer weiß, wo du dich noch herumgetrieben hast." „Du hast bei deinem Einbruch bei mir die Kleidungsstücke mitgehen lassen." „Einbruch? Du hast mir den Schlüssel freiwillig gegeben. Jetzt reicht es mir. Trink dein Bier aus und verschwinde."

Gerade jetzt blieb ich stur auf meinem Barhocker sitzen, bestellte mir weitere Biere und redete auf Scarlett ein, ihr schändliches Tun zukünftig zu unterlassen. Als ich ein neues Bier bestellen wollte, trat Stefanie an meine Seite. „Komm hier raus, Sebastian. Hier gehörst du nicht hin." „Wo kommst du denn her?", wunderte ich mich. „Ich war bei dir zu Hause. Du warst nicht da und ich konnte mir denken, wo du bist. Komm hier raus, Sebastian." Sie zerrte an meinem Ärmel und Scarlett lachte: „Nur zu, Sebastian, höre auf deine Mama. Sie bringt dich ins Bett." Stefanie rief sie zu: „Such dir einen anderen, der ist eine Niete im Bett." Ich folgte Stefanie und kam mir elend vor. Was war aus mir geworden? Ich ertrug Steffis Fürsorge nicht und ich ließ es sie spüren: „Was geht dich das an? Es ist mein Leben. Ich muss meine Fehler selbst ausbügeln.

Lass mich bitte zufrieden." Ich ging allein nach Haus und nahm mir vor, ab dem nächsten Tag um meine Rehabilitation zu kämpfen.

Zuerst rief ich Marion auf ihrem Handy an und bat um eine Unterredung. Nach längerem Zögern sagte sie zu. Wir trafen uns im Stadt-Café. Ich hatte den Eindruck, dass Marion sich mit der Situation bereits abgefunden hatte. „Was willst du mir sagen?" „Ich liebe dich, Marion." Sie lachte schallend. „Und dann kriechst du bei einer Nutte ins Bett? Das ist ja eine wundersame Liebe." „Ich war aufgelöst. Turniere auf Mallorca, das Projekt für deinen Vater, deine Hochzeitsvorbereitung. Ich war völlig im Stress und musste mich betrinken. Dabei habe ich den Fehler gemacht, mich von der Frau verführen zu lassen." „Ach so", warf Marion ein. „Du warst hilf- und wehrlos und sie hat dich vergewaltigt, das verstehe ich. Du tust mir leid." Ich überhörte ihre ironischen Bemerkungen und fuhr fort: „Diese Nacht habe ich längst bereut. Nun will sie sich rächen und mein Leben zerstören. Was wird aus unseren Heiratsplänen?" Marion sah mich ernst an: „Vater hat einen neuen Architekten. Er will dir deine Kreditverträge kündigen. Meine Hochzeit mit dir wird er nicht unterstützen." „Halte ihn von der Kündigung ab. Ich wäre dann wirtschaftlich am Ende. Gib mir noch eine Chance, Marion." Sie stand auf, legte einen Zehneuroschein auf den Tisch und antwortete: „Ich überlege es mir." Dann verließ sie das Café. Ich atmete tief durch. Bei Marion hatte ich vielleicht noch eine Chance.

Siegfried Siebert wollte mich nicht sehen, warum eigentlich? Ich hatte mich doch nur einmal vertan – oder versprungen, wie man es auch nennen konnte. Ich fühlte mich sehr allein. Mich hatten aber die Menschen nie sonderlich interessiert. Ich hatte hoch hin- aus gewollt und wollte es immer noch. Ich wollte mehr. Doch ohne Hilfe konnte ich meine Ziele nicht erreichen. Und jetzt? Es war das erste Mal, dass ich kämpfen musste.

Mein Telefonat mit Johanna enthielt für mich eine große Überraschung. Im Gegensatz zu Marion war sie ruhig, ausgeglichen, höflich und freundlich. „Mein Vater hat einen neuen Doppelpartner, dich will er nicht mehr sehen." Dabei lachte sie herzhaft. Ihr

Lachen war weder gezwungen noch ironisch. Sie schien sich eher zu amüsieren. „Und du?", fragte ich vorsichtig. „Ins Beiboot können wir nicht mehr. Eine Privatmaschine bringt dich nicht mehr nach Mallorca. Nimm einen Linienflug und komm."

Die Hoffnung stirbt zuletzt

Puerto de Palma de Mallorca, der größte Hafen auf der Insel, bietet nicht nur Liegeplätze für Motorboote und Segelyachten, hier legen auch Kreuzfahrtschiffe an. Eine Liegestelle gehörte Siegfried Siebert, der viel Platz für seine Gäste und Mitarbeiter benötigte. Ich jedoch konnte ab sofort das Schiff nur noch aus der Ferne begutachten. Ich sah und hörte das illustre Treiben auf dem Schiff und trauerte um meine verlorene Zugehörigkeit. Warum nahm er meine Eskapaden so ernst? Warum konnte er mir nicht verzeihen? Warum hatte er mich nicht gefragt? Johanna informierte mich in der Chakra-Bar.

„Mein Vater ist sehr tolerant", sagte sie, „aber es gibt für ihn Grenzen. Wenn er oder sein Umfeld mit Hohn und Spott überhäuft werden, dann kennt er keine Freunde mehr, weil Konkurrenten nur auf so eine Gelegenheit warten. Gerade dich hatte er über den Klee gelobt und gerade du sorgst mit deinen Entgleisungen für seine Blamage." Wir tranken unseren Cocktail und ich bat Johanna, zu vermitteln. Ich wollte ihrem

Vater alles erklären. „Wo übernachtest du?", wollte sie von mir wissen und ich antwortete wie aus der Pistole geschossen: „Im Hotel Esperanto." „Okay, dann lass uns gehen." Johanna gab also nicht auf. Sie wollte Liebe und es schien ihr völlig egal zu sein, mit wem ich vorher zusammen war. Eine seltsame Frau, dachte ich und konnte doch eine klammheimliche Freude nicht verhehlen. Es wurde ein schöner Abend und eine noch schönere Nacht.

Ich war überzeugt, dass ich bei Marion, aber auch bei Johanna die Wogen wieder würde glätten können. Es galt, die Väter zu überzeugen, und beide Frauen legten ihr ganzes Können in die Waagschale. Erst wurde ich zum Bauunternehmer Zygowski gerufen, der mir unmissverständlich erklärte, wie sehr ich ihn enttäuscht hätte. „Ich gebe dir eine Chance, alles wieder in die richtigen Bahnen zu lenken. Die Kreditvergabe bleibt bestehen. Du kannst als freier Architekt arbeiten. Vielleicht bekommst du ein neues Projekt von mir. Eure Hochzeitspläne vergiss vorläufig." Ich bedankte mich artig und war sehr erleichtert, zumal ich sowieso nicht heiraten wollte. Marion war enttäuscht und ließ es mich spüren. „War das nur ein Ausrutscher?", wollte sie permanent wissen. Ich bejahte das und wies in regelmäßiger Routine auf den armseligen Abend hin, der nur einmal meinen Kopf ausgeschaltet hatte. Marion benötigte ihre Zeit, aber nicht Johanna. Sie rief mich an und wollte mich auf Mallorca sehen. Sie war regelmäßig hungrig nach mir und ich konnte mich ihrer Sexlust nicht verschließen. Sie war anders als Marion und sie wollte mich auch nicht heiraten, also flog ich in regelmäßigen Abständen zu ihr.

Eines Tages stand ich dann auch wie ein nasser Hund vor ihrem Vater. „Ich habe nichts gegen Männer, die das Leben genießen wollen. Ich habe nur etwas gegen Idioten, denen die Unterwäsche nachgeschickt wird." Siegfried Siebert hörte sich an, was ich zu erzählen hatte. Zum Schluss meiner Ausführungen zuckte er mit den Schultern und sagte: „Okay, meine Tochter hat dir verziehen und ich brauche dich als Doppelpartner. Sieh zu, dass du diese ominöse Dame stoppen kannst. Von ihr darf nichts mehr kommen. Ich habe dir meinen Anwalt

Wolfgang Westerholz empfohlen. Gehe zu ihm?"

Ich war überglücklich, dass ich bei beiden Familien meine Karrieregedanken fortleben lassen konnte. Ich brauchte beide Frauen und ich brauchte ihre Väter. Anwalt Westerholz sollte mir Scarlett vom Leibe halten, also suchte ich ihn auf. Im Vorzimmer saß eine junge Frau, die meinen Atem zum Stocken brachte. Sie hatte lange schwarze Haare. Eine Strähne bedeckte ihr rechtes Auge, die sie immer wieder zur Seite strich. Das fein geschnittene Gesicht mit den rotgefärbten Lippen wirkte auf mich verführerisch.

„Womit kann ich dienen?", hörte ich ihre bezaubernde Stimme erst, als sie dies zum zweiten Mal sagte. Was für eine Erscheinung, dachte ich. Dabei sah ich sie, hinter der Theke sitzend, nur bis zum Brustansatz. „Mein Name ist Sebastian Prinz", stammelte ich ihr entgegen. „Ich habe einen Termin beim Anwalt Westerholz." „Ah ja", sagte sie und in ihrer Stimme war pure Harmonie zu erkennen. „Anwalt Westerholz ist mein Vater", rief sie mir zu und stand auf. Nun sah ich ihre Figur komplett. Ein Gemälde, ein Bildnis ohnegleichen stand vor mir und ich atmete ihren Duft ein, der mich förmlich betäubte. Sie öffnete die Tür und sagte zu ihrem Vater: „Herr Prinz ist hier." „Lass ihn rein", war die knappe Antwort. Viel lieber wäre ich noch im Vorzimmer geblieben, aber jetzt saß ich vor dem Schreibtisch des Anwalts und erzählte ihm meine Geschichte. Er schrieb sich die Adresse von Scarlett auf und wollte ihr mit einer Unterlassungsklage drohen. Alles wird jetzt gut, dachte ich danach, während meine Gedanken um Melissa Westerholz kreisten.

Gerade als ich die Kanzlei verließ und die Hauptstraße überqueren wollte, trat die besagte Frau an meine Seite. Sie sei auf den Weg zur Bank, wie sie mir sagte. Ich bot ihr galant meinen Arm an, um sie schützend über die Straße zu bringen. Sie bedankte sich höflich und ich sah sie in eine Seitenstraße verschwinden. Nun wartete ich eine Weile, bis sie wieder in Richtung Hauptstraße ging. Schnell stellte ich mich ihr in den Weg. „Na, wenn das kein Zufall ist", sagte ich „ich wollte gerade zum Wagen gehen und habe mich verlaufen. Wenn ich Sie ein drittes Mal treffe, muss ich einen ausgeben, einverstanden?" Sie lachte: „Okay", dann ging sie ihres Weges. Angetrieben von einem inneren Drang, diese Frau kennen zu lernen, wartete ich geduldig auf der anderen Straßenseite. Als sie wieder aus der Kanzlei kam, sprang ich ihr entgegen. „Sehen Sie, das war ein drittes Mal, jetzt müssen Sie mit mir einen Kaffee trinken." „Was machen Sie hier?", war ihre überraschte Frage und ich antwortete: „Ich war einkaufen und wollte jetzt dort drüben im Café etwas zu mir nehmen, jetzt aber mit ihnen." Sie kam wirklich mit, ich war zufrieden.

Die Frau war völlig unkompliziert. Wir lachten beide über die Ungeschicklichkeit der Bedienung. Wir redeten miteinander, als würden wir uns schon lange kennen. Verdrängt hatte ich vorübergehend Scarlett, Marion und Johanna. Meine Ehrlichkeit schien ihr zu imponieren, als ich zu ihr sagte. „Ich möchte Sie wiedersehen. Nicht immer finde ich die Liebe auf den ersten Blick. Ich bin verwirrt. Sie haben mich aus der Fassung gebracht."

Gnadenlos

Ich hatte wieder eine Perspektive. Zum ersten Mal wollte ich eine Frau nicht für meine Karrierezwecke ausnutzen. Diese wunderschöne, humorvolle Melissa Westerholz hatte es mir angetan. Ich schwankte in meinen Gefühlen hin und her. Ich umwarb sie, versuchte sie mit kleinen, liebevollen Aufmerksamkeiten zu überraschen. Ich spürte auch, dass etwas von ihr zurückkam. Wir lernten uns näher kennen und schenkten uns unverbrauchte Liebe. Sie konnte jedoch nicht meinen seltsamen Charakter verändern, denn Johanna und Marion konnte ich nicht aufgeben. Zu eng war das Netz geknüpft, indem ich mich verfangen hatte. Also sprang ich seitwärts kreuz und quer, um jeder Frau und jedem Mann gerecht zu werden. Immer achtete ich darauf, dass diese Irrungen im Leben nicht zu meinen Lasten fielen. Johanna und Melissa kannten sich, bedingt durch die Freundschaft ihrer Väter. Meine Aufgabe bestand darin, bei beiden nicht aufzufallen. Innerlich abgehärtet, als Lügenbaron abgestempelt und voller Widersprüche, erkannte ich in der Selbstreflexion meine Unzulänglichkeit und Bösartigkeit. Es störte mich aber nicht.

Störend war nur Stefanie, die wieder einmal meine Kreise kreuzte. Sie war ein nettes Mädchen und ich kannte sie schon seit Kinderzeiten. Ich wusste, dass sie es gut mit mir meinte, wollte aber keine Bergpredigt hören. Ich wollte auch nicht glauben, was mir mein Freund Dennis Kerkhoff einmal gesagt hatte: „Ich werde das Gefühl nicht los, die Stefanie hat sich in dich verliebt." Ich lachte ihn aus und sagte: „Überprüfe einmal deine Gefühlslage, das ist Nonsens." Als Stefanie jetzt wieder vor meiner Tür stand, lud ich sie zu einem Kaffee ein. Wir unterhielten uns anfangs über belanglose Dinge, doch plötzlich sagte sie: „Kannst du dich noch an dein altes Moped erinnern? Ständig musste deine Mutter einen neuen Bowdenzug kaufen. Ich saß hinten auf dem Gepäckträger. Mein Hintern tat mir weh und die Rauchschwaden aus dem Auspuff ummantelten uns. Weißt du das noch?" Ich lachte: „Natürlich weiß ich das noch. Die Sparrenburg war unser Ziel. Die meiste Zeit musste ich das Gerät schieben." „Wir waren zufriedene Kinder, träumten von einer schönen Zukunft. Wir waren bescheiden. Wir legten unser Taschengeld zusammen, um uns Kinokarten zu kaufen. Weißt du das auch noch?" Nun wurde ich ernst. „Was willst du mir sagen, Steffi? An all das erinnere ich mich und weißt du, was ich mir heimlich geschworen habe? Nie arm zu sein. Reiche Leute haben es besser. Ich wollte mir alles leisten können, das habe ich mir geschworen." „Ja, und das hat dich heute fest im Griff und hat dich verändert. Du bist nicht auf dem geraden Weg nach oben, du läufst zickzack und hoffst, irgendwann oben anzukommen." Steffi konnte es nicht lassen. Wieder hielt sie mir einen Vortrag und ich musste unser Kaffeekränzchen verkürzen. Still und bescheiden verabschiedete sich Steffi.

Mittlerweile hatte der Anwalt Westerholz eine Unterlassungsklage an Scarlett geschickt. Dass das kein geschickter Schachzug von mir gewesen war, sah ich erst später. Denn als sie den Brief erhielt, rastete sie gänzlich aus. Hätte ich nichts unternommen, wäre vielleicht alles etwas ruhiger abgelaufen. So aber zog sie alle Register. Diesmal schrieb sie direkt an Marion und

Johanna. Sie dachte sich die perversesten Geschichten aus. Am schlimmsten war aber die Tatsache, dass beide nun voneinander wussten. Ich versuchte ihnen gegenüber zu beteuern, dass diese Frau krank sei. Es half nichts, Marion und Johanna hatten sich kurzgeschlossen. Viel schlimmer fand ich aber, dass Johanna Melissa meine Geschichte mitteilte. Dabei entstand der Eindruck, dass ich auch ihr etwas vorgespielt hätte. Die Dreckskübel, die nun über mich ausgeschüttet wurden, kann ich gar nicht wiedergeben. Es war wie in einem Albtraum.

In meiner Verzweiflung traf ich mich mit meinem Freund Dennis. Ich erzählte ihm alles und bat ihn um Rat. „Mann", sagte er. „Du hast dich auf solch ein Niveau eingelassen, nur weil du die Hose nicht zumachen konntest." „Nein", antwortete ich. „Sie waren Steigbügelhalter für meine Karriere." „Sehr gut gelungen, mein Bester, und jetzt?" „Scarlett muss gestoppt werden." Dennis sah mich mit einem seltsamen Blick an. „Ich kann dir zwei Typen besorgen, die können sich die Scarlett vornehmen. Sie können die Frau einschüchtern, sie zu einer Gegendarstellung zwingen, aber das ginge nicht auf dem legalen Weg, das musst du wissen. Wenn davon etwas an die Öffentlichkeit kommt, wasche ich meine Hände in Unschuld." Ich schrieb Scarletts Namen und Anschrift auf einen Zettel und übergab ihn Dennis.

Zu Hause saß ich noch lange an meinem Schreibtisch und schrieb einen Brief, dann rief ich Stefanie an. Sie kam auch unverzüglich. Ich übergab ihr den Umschlag und sagte ihr: „Ich vertraue keinem anderen Menschen als dir. Sollte mir etwas passieren, dann übergib diesen Brief der Polizei oder der Staatsanwaltschaft." Steffi war erregt: „Was steht da drin?" „Das musst du nicht wissen. Gib den Brief bitte nur weiter." Sie versprach es und ich ging mit einem flauen Magengefühl ins Bett.

Keine Freunde

Ich konnte meinen Auftrag nicht mehr beenden, denn Gerrit Zygowski unterstützte mich nicht mehr. Im Gegenteil, ich erhielt einen Brief, in dem er mir förmlich mitteilte, dass er mir die zugesagten Kredite mit sofortiger Wirkung kündige. Das Kreditvolumen betrug eine halbe Million. Kunden stornierten ihre Aufträge. Besonders eindrucksvoll fand ich den Schlusssatz: „Jede Träne meiner Tochter werden Sie mir doppelt bezahlen." Von jetzt auf gleich war ich mittellos. Ich suchte mir eine andere Bar und verirrte mich ins Brauhaus. Ich wollte einfach nur abschalten und trank wie wild ein Bier nach dem anderen. Der Wirt, der die Reste aus meinen immer aufs Neue bestellten Bieren wegkippen musste, sagte: „Guter Freund, ich würde einmal austrinken, etwas warten und dann wieder bestellen. Kummer ersäufen ist allgemein keine Lösung." Meine Hände zitterten und ich sah ihn aus glasigen Augen an: „Pass auf, Beichtvater, das nächste Fass ist meins." Dabei warf ich ihm einen Hunderteuroschein auf die Theke. Der Wirt murmelte leise: „Ich werde den Schein aufbewahren. Nun möchte ich noch deinen Autoschlüssel haben." Ich legte ihm den Schlüssel in seine ausgestreckte Hand und dachte dabei: Guter Wirt, der weiß, worauf es ankommt. Ich ging auch am nächsten und am übernächsten Tag in das Brauhaus, um mich wieder zu betäuben. „An dir verdiene ich gutes Geld", sagte der Wirt ironisch. Dann beugte er sich zu mir rüber und sagte: „Egal, was für ein Problem du hast, versuch es zu lösen." „Ja, Papa", war meine knappe Antwort und innerlich dachte ich: ‚Leck mich am Arsch.'

Ich sehnte mich nach Johanna, nach Melissa, kurzum, nach Zärtlichkeit und Liebe. Ich sehnte mich jedoch nicht nach Marion, obwohl ich bei ihrem Vater jetzt die meisten Schulden hatte. Schulden, keine Aufträge und ein ständig torkelnder Mensch, der glaubte, dass Alkohol alle Probleme dieser Welt lösen könne. Mein Freund Dennis sollte mich nicht so sehen, also rief ich ihn nicht an. Stefanie? Ich war ihrer Moralpredigten überdrüssig, auch bei ihr meldete ich mich nicht. In einer fortgeschrittenen Stunde, in einem Zustand der völligen alkoholisierten Benebelung rief ich Johanna an. Ich wusste später kaum noch, was ich in das Telefon gelabert hatte. „Johanna, ich sehne mich nach dir. Ich will dich lieben, dir beweisen, dass alles nicht stimmt. Du kennst mich doch." Ihre Antwort fiel knapp aus: „Geh zu Marion Zygowski und lass mich in Ruhe, du Mistkerl." Auch wenn ich den Mistkerl in mir schon längst erkannt hatte, so war das Telefonat mit Johanna der Beleg für ein dauerhaftes Ende. Ich wollte diesen Gedanken nicht weiter befeuern. Ich gebe Johanna nicht auf, schoss es mir durch den Kopf. Kommt Zeit, kommt Rat.

Ich wagte mich kaum noch zum Briefkasten. Mahnungen, Zahlungsbefehle, amtliche Schreiben stapelten sich vor meiner Tür. Ein mitfühlender Nachbar musste mir die Briefe durch den Türspalt am Boden geschoben haben. Ich ließ sie dort liegen, zu betrunken war ich, um mich zu bücken. Stefanie musste mehrmals an meiner Tür geklingelt haben, doch ich öffnete nicht. Auch häuften sich die Nachrichten in meinem Anrufbeantworter. Ich wollten mit niemandem reden. Die kurze Zeit der Nüchternheit nutzte ich, um meine Gedanken zu ordnen.

Johanna wollte ich wiedersehen und mich mit Melissa aussprechen. Alles andere war mir egal. Ich hatte keine Freunde mehr.

In meiner Verzweiflung rief ich Steffi an: „Hilf mir, Steffi, ich bin am Ende." Es verging nicht einmal eine halbe Stunde, bis sie bei mir zu Hause erschien. Sie erschrak, als sie meine unaufgeräumte Wohnung und meinen Zustand sah. Sie riss alle Fenster auf, damit der Alkoholduft entweichen konnte. Danach putzte sie die Räume, ordnete die Küche und kochte ein schmackhaftes Gericht mit den bescheidenen Mitteln, die sie in meinem Eisschrank fand. All dies tat sie, ohne ein Wort zu sagen. Es gab keinen Vortrag und keine Bergpredigt. Sie ordnete meine Post und wies mich auf die Wichtigkeit der einzelnen Absender hin. Dann schrieb sie einen Zettel, was ich als Nächstes zu tun hätte, und setzte sich danach zu mir auf das Sofa. Sie nahm meinen Kopf in ihren Arm und ich konnte in einer gewissen Geborgenheit weinen. Nachdem ich mich etwas gefangen hatte, nahm ich Steffis Hand und sagte: „Danke, Steffi. Ich werde ab morgen meinen Verpflichtungen nachkommen. Ich verspreche es. Danke, dass du gekommen bist, doch jetzt würde ich gerne alleine sein." Steffi nickte, streichelte mir noch einmal über die rechte Wange, erhob sich und verließ die Wohnung. Kurz darauf hatte ich sie schon wieder vergessen, während Johanna und Melissa unaufhörlich weiter durch meinen Kopf kreisten.

Ein seltsamer Besucher

Ich erniedrigte mich. Immer öfter schrieb ich herzzerreißende Briefe an Johanna und Melissa. Doch meine Erklärungsversuche blieben unbeantwortet. Also machte ich mich auf nach Mallorca.

Es war ein kleines, schäbiges Hotel, das ich bezog. Aber mir war meine Wohnsituation völlig egal, mich trieb nur ein Gedanke an, Johanna zu finden und ihr Rede und Antwort zu stehen. Sie hatte jetzt ein anderes Handy und die neue Nummer kannte ich nicht. So schickte ich den Sohn meiner Pensionswirtin mit einem Brief zum Schiff. Er sollte den Brief nur Johanna persönlich aushändigen. Zehn Euro gab ich ihm dafür. Er war sein Geld wert. Johanna erhielt den Brief. Sie hatte nicht damit gerechnet, dass ich nach Mallorca kommen würde, nur um sie zu sehen. Irgendwie fühlte sie sich deshalb wohl verpflichtet, mich in der Pension aufzusuchen.

„Was willst du von mir? Ich habe einen neuen Freund." Das war ihre schroffe Begrüßung. Ich fasste sie vorsichtig am Arm und zog sie auf die kleine Terrasse. Das

Wetter war ideal. Strahlend blauer Himmel. Die Sonne schien und es waren schon am Spätvormittag dreißig Grad. Wir setzten uns an einen kleinen Tisch und der mir schon sehr vertraute Junge der Pensionswirtin brachte uns Gebäck und frischen Kaffee, den Johanna jedoch nicht anrührte. „Ich habe Fehler gemacht, aber mein Gefühl für dich war echt." Kaum hatte ich den Satz ausgesprochen, wusste ich schon, dass er falsch formuliert war. Ich vernahm ein lautes Lachen. Johanna tippte sich dabei an die Stirn: „Fehler gemacht? Dein Gefühl für mich war echt? Du hast eine wunderliche Gefühlswelt. Gleichzeitig wolltest du Marion Zygowski ehelichen und mit Melissa Westerholz ein neues Leben beginnen. Ach so, und mit der Bardame wolltest du deine sexuellen Gelüste befriedigen. Zwischendurch fandest du auch noch unser Liebesleben im Beiboot prickelnd. Dann wolltest du über uns noch den Vätern das Geld aus der Tasche ziehen. Falls ich etwas Falsches sage, unterbrich mich. Jetzt willst du über mich wieder an meinen Vater heran. Er hat dir den Geldhahn zugedreht und deine Verträge zerrissen. War es das? Dann werde ich gehen." Johanna stand auf, doch ich drückte sie wieder zurück auf ihren Stuhl. „Ich möchte deinem Vater beweisen, dass er mich gebrauchen kann. Du hast im Wesentlichen Recht mit dem, was du sagst. Trotzdem hege ich ein starkes Gefühl für dich. Jetzt möchte ich nur deine Hilfe?" „Wie soll die aussehen?" „Du kennst doch den Franzosen Pierre Lambrecht?" „Ja, das ist der Mann aus dem Tennisclub, der im Doppel immer gegen Vater verliert." „Genau der! Sag ihm, er könnte auch einmal gewinnen, wenn er mich zum Doppelpartner nimmt." Johanna sah mich überrascht an: „Dann willst du gegen meinen Vater antreten. Meinst du, so gewinnst du ihn zurück?" „Dein Vater akzeptiert Leistung. Hilfst du mir?" Johanna stand auf, nickte kurz und verschwand grußlos. Am nächsten Tag stand der besagte Pierre vor meiner Tür.

Siegfried Siebert staunte nicht schlecht, als er mich diesmal als Gegner auf dem Tennisplatz sah. Pierre und ich gewannen in drei Sätzen klar und deutlich. Siegfried stand bei der Siegerehrung neben mir. „Warum hast du das getan?" „Weil ich dir beweisen wollte, dass du mich brauchst." Als ich wieder den Heimflug antrat, hatte ich das Versprechen von Siegfried Siebert in der Tasche, wieder mit ihm als Doppelpartner agieren zu dürfen. Auch Johanna rief mir noch zu: „Komm wieder, auf einen Kaffee." Ich flog mit einem guten Gefühl nach Hause. Kleine Aufträge erhielt mein Büro auch wieder und der Kontakt zu dem Bauunternehmer Zygowski entkrampfte sich. Ich glaubte nun, auf einem richtigen Weg zu sein.

Einige Tage später klingelte es an meiner Haustür und ich sah in ein mir völlig fremdes, von Narben durchfurchtes Gesicht. „Kennst du mich?" „Nein", rief ich entrüstet und wollte die Tür wieder schließen. Es ging nicht, weil mein Besucher seinen Fuß als Türstopper benutzte. „Ich will nur wissen, wo Scarlett Macron abgeblieben ist. Du hattest mit ihr ein Verhältnis und nun ist sie weg. Ich bin Freddy, ihr Freund." Ich antwortete: „Ich weiß nicht, wo sie ist. Ich habe sie nicht mehr gesehen, nur von ihr gehört. Sie versucht mich zu demütigen." „Mit Recht", antwortete der Freund und warf mir alle möglichen Schimpfworte an den Kopf. Sein letzter Satz war: „Wenn ihr etwas zustoßen ist, töte ich dich." Es war wirklich ein unangenehmer Zeitgenosse. Nachdem er gottlob gegangen war, rief ich meinen Freund Dennis an und bat ihn um Aufklärung. Er antwortete mir: „Ich habe zwei Männer zu ihr geschickt, die sollten ihr einen Schreck einjagen. Ich kümmere mich darum."

Die Verhaftung

Meine Ungeduld kannte keine Grenzen mehr. Ich hatte auch Angst, dass mein vorsichtig aufgebautes Kartenhaus wieder zusammenbrechen könnte. Ich nervte meinen Freund Dennis, indem ich ihn immer wieder anrief und um eine Erklärung bat. Stereotyp war seine Antwort: „Leider konnte ich noch niemanden erreichen." Ich musste unbedingt mit jemandem reden, dem ich vertrauen konnte. Mir fiel nur Steffi ein, die auch sofort zu mir kam, als ich sie telefonisch um einen Besuch bat.

Ich erzählte ihr von meinen Problemen und sie hörte schweigend zu. Ziemlich irritiert musste ich dreingeschaut haben, als Steffi mich fragte. „Was bin ich für dich? Ein Beichtstuhl, eine Psychologin oder gar eine Schwester?" „Du bist eine gute Freundin für mich. Eine Freundin, der ich vertraue, die ich schätze." Ihre Antwort kam wie aus der Pistole geschossen, dennoch musste ich etwas darüber nachdenken, denn wir kannten uns schon so viele Jahre, waren sehr vertraut miteinander. Steffi sagte: „Ich bin eine Freundin, ein guter Freund und als eine solche kann ich dir auch die Wahrheit sagen. Du bist ein Idiot." Das saß, erschrocken wich ich zurück und sah mein Gegenüber verwundert an. Steffi fuhr fort: „Du bist ein guter Architekt, ein hervorragender Tennisspieler und ein gutaussehender Mann. Kannst du dir nicht eine Frau aussuchen, die du lieben kannst? Du liebst deine Affären doch nicht. Sie dienen dir nur als Mittel zum Zweck." Als Steffi sah, dass ich verunsichert reagierte, nahm sie meine Hand und streichelte sie. Steffis Nähe genoss ich in diesem Augenblick sehr. „Sag mir, wie ich dir helfen kann?" „Du hilfst mir schon, indem ich mich aussprechen kann. Hast du den Brief noch, den ich dir kürzlich gegeben habe?" Steffi nickte. „Bewahre ihn gut auf." Sichtlich froh war ich darüber, mit jemandem reden zu können. Steffi nahm ebenfalls kein Blatt vor den Mund. Sie kritisierte, wo es etwas zu kritisieren gab, und bot mir immer wieder ihre Hilfe an. Doch hier musste ich alleine durch. Dass ich Steffi jederzeit würde anrufen können, war mir jetzt bewusst. Sie war eine gute Freundin. Dass dieser Brief eine große Bedeutung bekommen sollte und das kurz nach Steffis

Besuch, war mir da noch nicht bewusst. Genau einen Tag nach dem Gespräch mit meiner Freundin klingelte es an der Haustür und ein ganzes Arsenal von Polizisten in Uniform und in Zivil betrat ungefragt meine Wohnung. Sie rissen mir die Arme auf den Rücken, drückten mich auf das Sofa und legten mir Handschellen an. Auf meine Frage, was das soll, hielt man mir einen Haftbefehl unter die Nase, hob mich vom Sofa hoch und schob mich aus der Tür hinaus in einen bereitstehenden Streifenwagen. Schaulustige hatten sich bereits versammelt und schienen die Szene zu genießen. „Wir drehen gerade einen Film, läuft nächstes Jahr im Fernsehen", rief ich den Zuschauern sarkastisch zu. Doch auf dem Polizeirevier wurde mir ganz anders.

Ein mürrischer Kommissar Schmalspur – so hieß er wirklich und er machte seinem Namen alle Ehre – legte mir das Bild einer Frau vor. „Kennen Sie diese Frau?", fragte er knapp und barsch. Als mein Blick auf das Foto fiel, fing mein ganzer Körper an zu zittern. Mir wurde schlecht. Beim Anblick dieses aufgedunsenen Körpers und der geschlossenen Augen konnte ich es nicht länger zurückhalten. Ein Polizist begleitete mich zur Toilette und ich musste mich übergeben. Zurück auf meinem Verhörstuhl, wiederholte Kommissar Schmalspur seine Frage: „Kennen Sie diese Frau?" Ohne noch einmal auf das Bild zu schauen, antwortete ich: „Ja, das ist Scarlett Macron. Was ist mit ihr geschehen?" „Das möchte ich von Ihnen wissen. Sie hatten den letzten Kontakt mit ihr. Sie ist getötet worden. Man hat sie mit einem Gürtel erdrosselt. Sie hatten erheblichen Stress mit ihr. Ihr Freund hat zu Protokoll gegeben, dass er fest davon überzeugt sei, dass Sie die Frau umgebracht haben. Die Staatsanwaltschaft hat für Sie U-Haft angeordnet. Haben Sie die Frau ermordet?" Ich schüttelte vehement den Kopf und rief schon fast hysterisch: „Nein, ich habe Scarlett seit Wochen nicht mehr gesehen."

Mein Anwalt, den mir Gerrit Zygowski in einer anderen Angelegenheit zur Verfügung gestellt hatte, eilte zu mir, um meine Aussagen rechtlich korrekt zu begleiten. Ich erzählte dem Kommissar die ganze Geschichte und konnte nun auch keine Rücksicht mehr auf meinen Freund Dennis Kerkhoff nehmen. Die nächsten Tage verbrachte ich in U-Haft. Auch mein Freund wurde verhört und er nannte die Namen der beiden Schläger, die Scarlett einen Schrecken hatten einjagen sollen. Von Tötung sei dabei nicht die Rede gewesen. Mein Anwalt begleitete auch Stefanie zum Verhör, die den Brief abgab, den sie aufbewahren sollte. In diesem Brief standen alle relevanten Details dieser unsäglichen Affäre. Nach Tagen des Wartens öffnete sich für mich die Tore des Haftgebäudes und ich wurde entlassen. Stefanie brachte mich nach Hause. Die nächsten zwei Tage verließ ich meine Wohnung nicht.

Mallorquinische Träume

Wer kann es ermessen, wie ich mich jetzt fühlte? Ich versuchte meine Gedanken zu ordnen und Struktur in mein Leben zu bringen. Steffi war an meiner Seite. Sie wollte mir helfen. Doch je eindringlicher sie mir ihre Vorschläge unterbreitete, desto weniger hörte ich ihr zu. Als ich einmal allein in der Wohnung war, rief ich zuerst Marion Zygowski an. „Ich wollte dir nur sagen, an dem Vorwurf gegen mich ist nichts dran. Kann ich dich sehen?" Marion schwieg die ganze Zeit über und ließ mich reden. Am Ende des Gesprächs sagte sie: „Ich hatte dich geliebt und wollte dich heiraten. Du hast mit deinem unkontrollierten Leben alles zerstört. Es ist endgültig aus." Bevor ich antworten konnte, legte sie auf. Dafür hatte ich im Briefkasten eine Inkasso-Mahnung über einhunderttausend Euro, die ich sofort bezahlen sollte. Gerrit Zygowski wollte sein Geld zurück. Das nächste Gespräch führte ich mit Mallorca: „Johanna, ich bin schuldlos und freigesprochen, wann kann ich dich sehen?" Johannas Antwort kam schnell: „Mein Vater würde mich enterben, wenn ich mit einem Mordverdächtigen durch die Lande zöge. Diese Perspektive bist du mir nicht wert." Ohne eine Antwort abzuwarten, legte auch sie auf.

Nun blieb mir noch als letzter Ausweg Melissa. Dieses Telefonat war anders. Sie hörte zu, unterbrach mich aber bereits nach den ersten Sätzen. „Du bist kein Mörder. Ich habe eine gute Menschenkenntnis. Deine Beziehungen zu der Bauunternehmertochter und Johanna kann ich richtig einordnen. Du bist ein Getriebener, ein unglücklicher Mensch. Wenn du in Mallorca bist, ruf mich an, wir gehen zusammen essen." Ich war völlig überrascht, das hatte ich nicht erwartet. Stefanie, die einen Teil des Gespräches mitbekommen hatte, sah mich irgendwie enttäuscht an. „Du gibst nicht auf, du willst dein Leben nicht ändern. Hast du nicht schon Probleme genug?" Ich lachte: „Ich kann meine Schulden nicht bezahlen. Ich bin gezwungen, den kleinsten Ast zu nehmen, um mich aus dem Wasser zu ziehen." Stefanie schüttelte den Kopf und verließ mich.

Mein Flug nach Mallorca war gebucht, doch zuvor erhielt ich einen Brief. Der Text war aus Zeitungsbuchstaben zusammengeklebt. Dort stand: „Scarlett ist tot und du wirst es auch bald sein." Ich konnte mir denken, wer das war. Den Brief übergab ich der Polizei. Gleichzeitig wollte ich dort wissen, ob ich ins Ausland reisen könnte. Es gebe da keine Probleme, ich müsste nur per Handy erreichbar sein. So flog ich in das Urlaubsparadies Mallorca und mietete mich im Hotel Cort ein. Mein erster Weg führte mich wie selbstverständlich zum Yachthafen. Dort sah ich neidisch das Schiff von meinem Tennispartner Siegfried Siebert vor Anker liegen. Ich sah auch das Beiboot, in dem ich mich mit seiner Tochter vergnügt hatte. Doch die Gedanken daran und die Träume, was sein könnte, wenn …, nützten mir jetzt nichts. Eine kleine Chance sah ich in dem von Melissa Westerholz mir entgegengebrachten Verständnis. Vielleicht könnte sie einen Spalt der Tür öffnen, durch den ich dann schlüpfen würde. Ein Traum wurde lebendig, noch einmal das Gewesene aufarbeiten und meinem Leben eine sichere Wendung geben zu können.

Der Lyriker

Das Gespräch mit Melissa war seriös und ohne anzügliche Bemerkungen. Sie nippte vor der Hotelrezeption an ihrem Weinglas und sah mir nicht direkt in die Augen, als sie sagte: „Du hattest mich fast so weit, dass ich mir vorstellen kann, deine Partnerin zu werden. Dumm für dich, dass mein Vater mit Siegfried Siebert befreundet ist und ich zwangsläufig seine Tochter kenne. Der Rest ist dir bekannt." Ich blieb erst kurz eine Antwort schuldig, dann aber sprühte es nur so aus mir heraus: „Ich habe dich in unserer kurzen Bekanntschaft nicht als Mittel zum Zweck betrachtet. Wenn ich bei den beiden Damen Eigennutz nicht ausschließen möchte, so war es bei dir echte Zuneigung." „Du hast mich kaum gekannt." „Kennst du nicht das Gefühl, Liebe auf den ersten Blick zu erfahren?" Nun sahen wir uns beide in die Augen, prosteten uns zu. Erfreut war ich, als Melissa sagte: „Ich habe Menschenkenntnis und lasse mich nicht von anderen beeinflussen. Ich mache mir lieber selbst ein Bild." Neugierig sah ich sie an. „Was heißt das? Würdest du mit mir paar Tage nach

Venedig fahren? Wir könnten uns auf neutralem Boden besser verständigen." Sie nickte. „Okay, ich hole dich morgen hier ab." Ich war nicht nur freudig erregt, sondern auch verblüfft. Meine Freude schien endlos zu sein – bis zum nächsten Morgen.

Ich hatte im Hotel ausgecheckt, mein Koffer stand bereits vor dem Haupteingang und ich wartete auf Melissa. Das Taxi zum Flughafen war bereits bestellt, aber noch nicht vor Ort. Seitlich vom Haupteingang saß ein Mann mittleren Alters auf einem Stein. Er hielt eine Gitarre in der Hand und sang. Er sang nicht schlecht, dennoch stutzte ich plötzlich. Der Text war eigenartig. Er sang: „Es gab mal eine junge Frau, sie ist tot, ich weiß es zu genau, denn der Mörder läuft frei rum und dass, ihr Leute, ist sehr dumm." Er sang diesen Text in deutscher Sprache. Ich ging auf ihn zu und wollte einen Euro in seinen Hut werfen. Doch er legte die Hand darüber und sagte: „Von dir nehme ich kein Geld." Es war mir schlagartig klar, dass dieser Mann mich persönlich meinte. Wie aber kam er nach Palma und wer hatte ihn geschickt. Ich setzte mich neben ihn auf einen viel zu kleinen Stein. „Wer bist du?", wollte ich wissen. „Ich bin ein Lyriker, der durch viele Länder reist wie einst Walther von der Vogelweide und Geschichten erzählt." „Wie bist du zu dieser Geschichte gekommen?" Nun lächelte der Lyriker verschmitzt. „Ein Mann gab mir hundert Euro. Ich sollte hier vor dem Hotel diesen Text singen, wenn Sie das Hotel verlassen." Ich sprang auf, griff ihm an den Kragen und fauchte ihn an. „Wer ist dein Auftraggeber, nenn mir den Namen!" Doch er ließ sich nicht einschüchtern. „Ich kenne den Mann nicht, ich habe nur seinen Text hier."

Zwischenzeitlich waren Melissa und das Taxi eingetroffen. Sie kam auf mich zu und sah meine Erregung. „Was ist los?", fragte sie. Ich wandte mich ihr zu. „Komm, lass uns gehen, es ist alles okay." Bevor ich das Taxi bestieg, hörte ich den Rest des Textes: „Er muss nicht länger grübeln, er kann sich nicht sicher fühlen. Er geht in sein Verderben und wird beizeiten sterben." Mir lief ein Schauer über den Rücken. Es wurde mir plötzlich schlagartig klar, dass ich auch auf Mallorca vor der unsichtbaren Rache nicht sicher war. Dieser Lebensgefährte von Scarlett glaubte immer noch, dass ich der Mörder seiner Liebsten wäre.

Die wenigen Tage in Venedig waren sehr schön. Wir bauten uns kein Liebesnest, sondern genossen diese wunderschöne Lagunenstadt. Wir fuhren in einer Gondel auf dem Canal Grande, durchfuhren die Rialtobrücke und tranken unseren roten Wein auf dem Markusplatz. Wir besichtigten die Sakralbauten und hielten uns besonders lange im Dogenpalast auf. Wir sprachen wenig über uns. Selbst im Hotel Rialto gab es keine körperliche Annäherung. Die einzige Nähe, die sie zuließ, waren unsere Hände, die sich immer öfters berührten und sich schließlich vereinigten. Wir gingen Hand in Hand und das war für mich sehr bedeutend. Am letzten Tag unseres Aufenthalts in Venedig tranken wir in unserem Lieblingscafé Caffè Florian auf der Piazza San Marco noch einen Doge Nero. „Ich wünschte mir, wir könnten länger hierbleiben", sagte ich verträumt. Wir kamen überein, uns näher miteinander zu beschäftigen.

Mit guten Gedanken flogen wir zurück nach Palma. Nachdem wir unsere Utensilien vom Kofferband genommen hatten und auf den

Ausgang zusteuerten, wurden wir von einem Gitarrenspieler begrüßt. Ich kannte ihn schon, es war der Lyriker. Woher wusste er den Tag unserer Ankunft? Ich beachtete ihn nicht. Wir eilten zum Taxi, doch hörte ich noch seinen Text: „Genieß die Zeit, die dir noch bleibt. Der Teufel dich ins Jenseits treibt."

Ein neuer Versuch

Mein Anwalt in Deutschland konnte mir auch keine Hoffnung geben. Ich müsste bei der spanischen Polizei, der Guardia Civil Anzeige erstatten. Aber ich hatte nichts in der Hand. Der singende Lyriker hatte schließlich kein Verbrechen begangen. Er hatte auch in seinen Texten keinen Namen genannt. Mein deutscher Anwalt wollte den Fall bei der Bielefelder Polizei zur Sprache bringen. Scarletts Freund wurde daraufhin verhört. Doch er hatte seinen Wohnort nicht gewechselt und war unter seiner Heimatadresse anzutreffen. Ich hatte also weiterhin keine Beweise, also verdrängte ich die Gedanken an den Minnesänger und konzentrierte mich ganz auf Melissa.

Irgendwie zog es mich immer wieder zum Hafen und verträumt dachte ich an längst vergangene Zeiten. Plötzlich tauchte neben mir ein Mann auf. Der Kragen seiner Sportjacke war nach oben geschlagen und verdeckte den Hals. Seinen Sombrero hatte er weit in das Gesicht gezogen. Er sprach mich an: „Sind Sie nicht der Wunder-Tennisspieler Sebastian Prinz?" Ich wandte mich dem Mann zu. „Ich bin Sebastian Prinz, aber kein Wunder." Der Mann lächelte. „Ich weiß vieles von Ihnen. Ich weiß auch, dass Sie bei Siegfried Siebert in Ungnade gefallen sind. Tennis spielen dürfen Sie aber im Klub immer noch." Ich lachte ihn aus. „Guter Mann, wer immer Sie auch sind, das Thema ist durch." „Ich heiße Jose Granada und wir sind uns bei einem Turnier begegnet. Ich verlor mit meinem Doppelpartner in zwei klaren Sätzen gegen Sie und Herrn Siebert." „Jetzt erkenne ich Sie, natürlich, Jose, der seinen Schläger vor Wut zerbrochen hat. Gehen wir einen Kaffee trinken?" Jose nickte und wir besuchten ein kleines unscheinbares Café in der Nähe der Hafeneinfahrt. Das Wetter war ideal. Wir nahmen draußen Platz, wo wir freie Sicht auf den Yachthafen hatten.

Jose erzählte mir alles, was während meiner Abwesenheit geschehen war. Er berichtete auch frei von der Leber weg, wie es Johanna ergangen sei. „Sie hat einen neuen Freund aber ich glaube, so richtig Gefühle investieren kann sie nicht. Ich denke, das Sexuelle überwiegt bei ihr." Ich konnte nicht darauf antworten, aber insgeheim musste ich dem guten Mann Recht geben. Nach der zweiten Tasse Kaffee kam er zum Punkt.

„Sie spielen gutes Tennis, spielen Sie weiter, nicht bei den Tournieren, die Siebert ausrichtet, nein, beim Legend Cup von Palma. Einhunderttausend Euro für den Sieger." Ich sah Jose mit weit aufgerissenen Augen an. „Einhunderttausend Euro?" „Ja, das Startgeld ist okay und für das Halbfinale gibt es auch ein paar Euro." Na ja, dachte ich, bei meinem Schuldenstand könnte ich paar Euros gebrauchen. „Jose, haben Sie mich durch Zufall getroffen oder war es geplant. Wieso dieses Angebot?" Jose kniff die Augen zusammen und zeigte mit ausgestrecktem Arm auf das weiße Schiff von Siebert, das als Erstes im Yachthafen vor Anker lag und leicht im Wellengang schaukelte. „Es ist kein Zufall, dass ich Sie hier und jetzt treffe. Ich wusste, dass Sie in Venedig waren und gestern zurückgekommen sind. Ich wusste auch, wann Ihr Weg wieder zum Hafen führt. Ich habe ein Gespräch zwischen Herrn Siebert und Herrn Westerholz belauscht. In dem Gespräch ging es um die Tochter, die mit Ihnen unterwegs war. Westerholz war sehr ärgerlich. Siebert sagte kaum etwas. Mich hat Herr Siebert aus der Mitgliederliste für die Turniere gestrichen, weil ich aus der Rangliste herausgefallen bin. Jetzt möchte ich sehen, dass Sie hier auf der Insel Karriere machen. Das ist meine kleine Rache." Ich legte meine Hand um Joses Schulter. „Wann ist das Turnier und wann liegt die Setzliste aus?" „Nächste Woche ist das Turnier. Heute ist Donnerstag und morgen schließt die Liste."

Melissa war von der Idee begeistert. „Mann", sagte sie, „dann wird auch mein Vater Respekt bekommen und sich dir wieder zuwenden." Herr Westerholz war mir völlig egal, Siebert wollte ich wiederhaben. Das war mir schließlich schon einmal gelungen. Er liebte die Tennisleistung und vielleicht würde ich abermals Glück haben. Ich trug mich in die Liste ein und holte mir

Jose als Sparringpartner. Wir trainierten auf einem neutralen Platz. Das Turnier selbst war hervorragend besetzt und die Zuschauerzahl erreichte auf der Anlage die zulässige Größenordnung von fünfzehntausend. Ich spielte, glaube ich, das Tennis meines Lebens. Immer wieder suchte mein Blick Siegfried Siebert in den Zuschauerreihen, doch ich sah ihn nicht. Ich gewann das Tournier sehr souverän. Bei der Pokal- und Scheckübergabe bedankte ich mich beim Publikum, nannte Siebert als meinen Förderer und Jose als meinen Trainingspartner. Melissa jubelte und ich wuchs wieder einmal über mich hinaus. Meine Überheblichkeit erschreckte mich selbst. Ich wollte mehr als das, was ich hier machte. Ich wollte wieder hoch hinaus und alle Mittel waren mir recht. Abends bei der Gala eröffnete ich den Tanz mit der weiblichen Siegerin Swetlana Cambria. Dann sah ich Siebert und Westerholz an einem Stehtisch stehen und Sekt trinken. Ich beendete den Tanz und ging auf die beiden zu. Die allgemeine Begrüßung war freundlich. Westerholz sagte:

„Wie haben Sie es geschafft, meine kritische Tochter zu verführen?" "Ich habe Sie nicht verführt, ich habe ihr nichts angetan. Sie hat mich nach Venedig begleitet und wir hatten paar schöne Tage." Westerholz zog die Augenbrauen hoch. „Man hat Sie freigesprochen?" Ich erzählte beiden, was Scarlett mir angetan hatte und was mein Freund erledigen sollte. Von Mord sei keine Rede gewesen. Nun sprach Siebert zu mir: „Du hast mit dem Sieg heute einen Meilenstein gesetzt. Vielleicht werden die Schlagzeilen jetzt besser als in der Vergangenheit. Versuchen wir noch einmal, ein Doppel zusammen zu spielen? Ich möchte mal wieder gewinnen."
„Gerne" antwortete ich nach kurzem Zögern, „aber setzen Sie Jose wieder in die Turnierliste ein. Er ist ein Guter und mein persönlicher Trainingspartner." Siebert nickte und Jose fand keine Worte vor Dankbarkeit. Ich war wieder da, wo ich hinwollte.

Fliehe noch in dieser Nacht

Johanna konnte das Sticheln nicht lassen, nachdem sie mich mit Melissa gesehen hatte. Sie rauschte an mir vorbei und flüsterte mir zu. „Im Bett bin ich die Beste. Vermisst du das nicht?" Ich reagierte nicht und dennoch fühlte ich mich zu Johanna hingezogen. Ich war wieder auf Sieberts Boot und führte mit ihm viele Gespräche. Als Doppelpartner war ich nicht zu ersetzen und das würde ich vielleicht etwas ausnutzen können. „Ich muss mehr spielen", sagte ich, „ich brauche die Prämien, um meine Schulden bei Gerrit Zygowski zu bezahlen. Für meine Anwaltskosten habe ich eine Rechtschutzversicherung." Siebert unterbrach mich: „Ich strecke dir das Geld vor und Westerholz wird wieder dein Anwalt. Du bleibst hier und eröffnest ein Architekturbüro. Du nimmst dir noch einen jungen Architekten, dann hast du Zeit, Tennis zu spielen. Was hältst du davon?" Ich konnte nichts sagen, so überrascht war ich. Das waren die besten Perspektiven, die mir widerfahren konnten. Doch anstatt mich auf dieses tolle Angebot vorzubereiten, musste ich meine Arroganz, auch in Richtung Zygowski, ausspielen. Ich wollte allen meinen Widersachern von meiner Auferstehung berichten.

Immer häufiger provozierte mich Johanna, wenn sie mich sah: „Denkst du ab und zu an das Beiboot?", dann rauschte sie wieder an mir vorbei. Ihre Reize raubten mir die Sinne und ich musste immer häufiger an sie denken. Die Sehnsucht wurde immer größer und mein Verlangen nach ihr war kaum noch zu stillen. Melissa war anders. Sie war gefühlsvoller, ehrlicher, liebevoller. Eine Frau, für die es sich gelohnt hätte zu kämpfen, aber nein, mein Körper verlangte nach Johanna. Ich versuchte mich abzulenken, den Drang zu unterbinden. Als ich nach einem Gespräch mit Siebert gegen Abend entlang der Reling seines Schiffes spazieren ging, kam ich auch in die Nähe des Beibootes. Versunken in meiner Erinnerung, wurde ich unsanft in die Realität zurückgeholt. Johanna stand vor mir und flüsterte: „Geh rein", dann drückte sie mich mit zarter Hand über die Kante des Beibootes und legte sich auf mich. Sie befand sich in einer unbeschreibbaren Ekstase, als sie mir das

Hemd vom Leibe riss. Ich konnte und wollte mich nicht mehr wehren. Ich gab mich meinem Schicksal hin und genoss diesen überwältigenden Zustand. Danach richtete sie ihre Kleider, sprang aus dem Boot und eilte davon. Als ich es endlich geschafft hatte, wieder die Schiffsplanken unter meinen Füßen zu spüren, trat aus dem Schatten des Bootes ein Mann auf mich zu. Er sagte nur einen Satz: „War es schön?", dann verschwand er im Dunkel der Nacht. Ich wusste, wer er war. Es war Johannas Freund.

Tatsächlich bezahlte Siebert meine Schulden und ich war bald dabei, mir ein Büro für meine Arbeit zu suchen. Ich spielte Tennis gegen und mit Siebert und alles schien seine Ordnung zu haben. Ich kümmerte mich auch um Melissa. Wir verstanden uns immer besser. Auch versuchte ich Johanna aus dem Weg zu gehen. Das ließ sie aber nicht zu. „Um dreiundzwanzig Uhr im Boot", rief sie mir zu. Tagsüber war sie mit ihrem Freund beschäftigt, obwohl ihre Augen immer mich suchten. Ich konnte mich dieser leidenschaftlichen Frau nicht entziehen. Die Beziehung blieb auch Melissa nicht verborgen, zumal Johannas Freund, der

Gehörnte, ihr dies deutlich zu verstehen gab. Melissa hatte daraufhin mit Johanna ein klärendes Gespräch. Sie war wie vor den Kopf gestoßen, als Johanna ihr sagte: „Du kannst ihn behalten, schicke ihn nur hin und wieder zu mir ins Bett." Tief geknickt und verletzt, wollte Melissa mich nicht mehr sehen. Sie vergrub sich in ihrem Zimmer. Nachdem ich mehrmals vor ihrer Türe gestanden und um Einlass gebeten hatte, öffnete ihr Vater. „Du wirst sie nicht wiedersehen. Ich habe an deinem Charakter immer gezweifelt, aber wie abgrundtief schmutzig deine Seele tatsächlich ist, das habe ich nicht geglaubt." Er sagte es und knallte die Tür zu.

Mein Gedanke war jetzt: Johanna und Herr Siebert, die mussten mir weiterhelfen. Sie brauchte ich und auf beide würde ich mich konzentrieren. Ich hatte mich um dreiundzwanzig Uhr wieder mit Johanna im Beiboot verabredet. Es war gegen neunzehn Uhr, als ich zum Hafen ging. Dort saß er wieder, dieser Straßenmusikant, und seine Stimme war lauter denn je. „Fliehe noch in dieser Nacht, der Tod hat heut an dich gedacht. Gehe rasch, ganz schnell hinfort, such dir einen andren Ort." Mir lief ein kalter Schauer über den Rücken und als ich an ihm vorbeigehen wollte, sang er: „Geh nicht weiter, armer Mann, höre, was ich singen kann." Jetzt reichte es mir. Es war zwar schon etwas dunkel, aber ich drehte mich um und wollte dem Minnesänger an den Kragen. Doch er war verschwunden. Ich sah ihn nicht mehr, doch sein Liedtext klang mir noch deutlich im Ohr. Ich nahm mein Handy und rief Johanna an. Unter einem Vorwand sagte ich zu ihr: „Ich muss noch einiges klären. Ich bin morgen wieder an Bord." Sie fauchte durchs Telefon: „Du kannst dein Problem mit Melissa morgen klären. Ich erwarte dich um dreiundzwanzig Uhr im Beiboot. Kommst du nicht, kannst du auf Dauer fortbleiben." Ich betrat meine kleine Stammkneipe, bestellte einen Wein nach dem anderen und betrank mich. Ich flüchtete vor dem Liedtext eines Spinners.

Der Tod kam in der Nacht

Ich konnte in dieser kleinen Kneipe keinen klaren Gedanken fassen. Warum musste ich mich überhaupt wieder mit Johanna einlassen? Warum konnte ich nicht mit Melissa eine Zukunft planen. War mein Fleisch zu schwach, um dieser Lust nicht widerstehen zu können? Warum konnte und wollte ich heute den Besuch bei Johanna nicht einhalten? Alles nur wegen dieses Textes? Ich raffte mich auf, es war mittlerweile kurz vor dreiundzwanzig Uhr. Ich warf einen Geldschein auf den Tisch und torkelte in Richtung Hafen. Ich hatte es mir überlegt, Johanna wartete und ich wollte zu ihr.

An der Gangway kannte man mich schon, die Wache ließ mich unkontrolliert passieren. Ich tastete mich an der Reling vorwärts, bis ich das Beiboot erreichte. Schon aus sicherer Entfernung sah ich Johanna im Boot liegen. Ihr weißes Kleid war an der Vorderseite rot gefärbt. Mir stockte der Atem. Schlagartig wurde ich nüchtern, lief auf das Boot zu und sprang hinein. Ich umfasste ihre Schultern, drückte den Kopf an meine Brust und erkannte, dass ich einen toten

Menschen in meinem Arm hielt. „Hilfe!", rief ich, erst geschockt und leise, dann schrie ich es hinaus: „Hilfe, so helft doch!" Menschen stürzten herbei, die Wachsoldaten, die Mitarbeiter und schließlich auch Siegfried Siebert. Er nahm mir seine Tochter ab, drückte ihren Kopf an seine Brust und weinte bitterlich. Meine Tränen sah er nicht. Als ich mich um ihn kümmern wollte, stieß er mich fort und rief: „Du bist schuld, immer bringst du Unglück, verschwinde." Ich zitterte am ganzen Körper. Als ich aufstehen wollte, drehte sich Siegfried um und rief. „Nehmt dieses Schwein fest, er hat meine Tochter ermordet!"

Kräftige Hände banden meine Arme auf dem Rücken zusammen und ich wurde unsanft der spanischen Polizei übergeben. Nun sind die spanischen Gefängnisse alles andere als Urlaubsparadiese und eine Einzelzelle gab es auch nicht. Ich landete in einer Gemeinschaftszelle mit fünfzehn Personen. Es war unerträglich. Der Gestank nach Schweiß und Fäkalien war unausstehlich. Am nächsten Morgen wurde ich zum Verhör geladen. Ein Polizist legte einen Zettel und ein blutverschmiertes Messer in einer Plastiktüte vor mir auf den Tisch. „Lesen Sie", sagte der Uniformträger in knappem Deutsch. Auf dem Zettel stand: „So fühlt es sich an, wenn einem die Freundin ermordet wird." Nun war es klar, mich wollte jemand bestrafen für den Tod von Scarlett. Es war eine mörderische Rache. Ich erzählte den Polizisten die ganze Geschichte und wies auch auf den Straßenmusikanten hin. Das Messer hätte ich nie gesehen. Der Lyriker blieb verschwunden.

Plötzlich brach Siegfried Siebert wie von der Tarantel gestochen in den Verhörraum ein und legte beide Hände um meinen Hals. „Ich bringe dich um!", schrie er weinend. Mit viel Mühe konnten die Polizisten ihn bändigen. Der Verhörbeamte blieb ruhig und sagte: „Herr Siebert, er war es nicht. Wir haben festgestellt, dass der oder die Männer von der Seeseite gekommen sind. Wir führen gerade eine Großfahndung durch. „Aber der Kerl hat Schuld." Immer wieder zeigte er auf mich. Ich hielt ein Blatt Papier vor mein Gesicht, um den trauernden Vater nicht ansehen zu müssen. „Ich möchte mit meinem deutschen Anwalt telefonieren." Das waren meine Worte, die ich nur kläglich herausdrücken konnte. Diese Bitte gewährte man mir. Zwei weitere Nächte musste ich noch in der katastrophalen Gefängniszelle bleiben. Am dritten Tag konnte ich meinen Anwalt begrüßen. Er hatte meine Jugendfreundin Stefanie mitgebracht. Die spanische Polizei konnte zwei Männer verhaften, die den Mord begangen hatten. Sie waren polizeibekannt und gekaufte Killer. Auch der Lyriker wurde gefunden und verhört. Er hatte die Texte von einem Unbekannten bekommen und war für seine Arbeit fürstlich entlohnt worden. Allerdings führte keine Spur zu Scarletts Freund.

Das Attentat

An Johannas Beisetzung konnte ich nicht teilnehmen. Ich versprach aber, diesen Besuch zu einem späteren Zeitpunkt in aller Stille nachzuholen. Meine Weinkrämpfe nahmen zu. Ich hatte keine Ahnung, wie ich mit dieser Belastung weiterleben sollte. Auf Steffis Arm gestützt, konnte ich mich nur mühsam fortbewegen. Meine Psyche spielte Kapriolen und ich sehnte mich zum ersten Mal nach dem Tod.

„Wie soll ich weiterleben, Steffi?" Stefanie tat das, was sie immer tat, sie streichelte mich und schenkte mir viel Trost. Auch mein Anwalt, ein Freund des Bauunternehmers Zygowski, stand fest an meiner Seite. „Wir können mit Sebastian in diesem Zustand nichts anfangen", sagte er zu Stefanie, „wir bringen ihn nach Deutschland. Er soll sich ausruhen, einen Psychiater kontaktieren, um dann wieder einen Weg ins Leben zu finden." Steffi nickte und sagte: „Ich schaffe das auch ohne Psychiater."

„Kannst du mir einmal sagen, warum du das alles für ihn tust. Das kann doch nicht nur Freundschaft sein?" „Nein, ist es auch nicht. Ich liebe ihn und ich habe ihn immer geliebt, obwohl ich wusste, dass diese Liebe einseitig bleiben würde." Steffis Worte hatte ich gehört, doch ich ließ es mir nicht anmerken. Ich sah sie plötzlich in einem anderen Licht und hinterfragte mich, wie meine Selbstherrlichkeit mich hatte zerstören können. Umso froher war ich, jetzt Steffi an meiner Seite zu wissen.

Das Schließen eines Fensters, ein lautes Hundegebell und schreiende Menschen ließen mich zusammenzucken. Immer häufiger krampften sich meine Hände in Steffis Oberarm. Sie ließ es geschehen und versuchte mütterlich zu sein, um mir zu helfen. Auf dem Flug nach Deutschland und im Taxi blieb Steffi treu an meiner Seite. Sie stand im Flieger vor der Toilettentür und passte auf, dass mir nichts passierte. „Ich bin froh, dass du bei mir bist", stöhnte ich immer wieder. Sie drückte meinen Arm verständnisvoll und sagte: „Du kannst dich auf mich verlassen."

In der Heimat angekommen, begab ich mich gleich in ärztliche Behandlung, auch dort stand Steffi an meiner Seite. Bettruhe wurde mir verordnet und ich gehorchte.

Steffi kochte, wusch meine Wäsche, reichte mir die Tabletten, achtete jede Sekunde auf meine Reaktionen. Unter dieser Pflege und durch eine lange Schlaftherapie ging es mir zusehends besser. „Wirst du wieder Kontakt zu Marion aufnehmen, um deine Ziele zu erreichen?" Ich lächelte sie an. „Nein, Steffi, ich hatte mich verirrt. Ich habe Jahre verloren. Ich will nicht mehr." Steffi sah mich zufrieden an. Mir ging ihre Liebeserklärung nicht aus dem Kopf. Ich selbst hingegen wusste mein Leben noch nicht richtig einzuordnen. Über meinen Anwalt freute ich mich. Obwohl er ein enger Freund der Familie Zygowski war, versuchte er bei dem Bauunternehmer ein gutes Wort für mich einzulegen. Auch Marion unterstützte ihn. Schließlich gab Gerrit Zygowski nach. „Ich werde seine Schulden stunden, bis er wieder Boden unter den Füßen hat, denn von Seiten Sieberts wird in dieser Richtung nichts mehr kommen." Ich war erleichtert, als ich das hörte.

Gut vierzehn Tage waren vergangen, als ich mich wieder auf die Straße wagte. „Ich hole Brötchen", sagte ich zu Steffi und verließ die Wohnung. Selbst jetzt sah Steffi aus dem Fenster, um auf mich aufzupassen. Sie sah auch, wie sich zwei Männer vor mich stellten. Einer schlug mich mit der rechten Faust ins Gesicht, der zweite trat auf mich ein. Ich war unfähig zu schreien. Schaulustige griffen nicht ein. Stefanie schrie aus dem Fenster: „Lassen sie den Mann los, helft ihm doch!" Dann rannte sie auf die Straße und wollte zu mir, als ein Motorrad ihr ganz gezielt in den Rücken fuhr. Stefanie stürzte zu Boden und blieb regungslos liegen. Ich war besinnungslos. Im Krankenhaus legte man mich in ein künstliches Koma …

Späte Erkenntnis

Wie lange ich im Koma gelegen hatte, wusste ich nicht. Nachdem ich langsam, in kleinen Schritten ins Leben zurückgeholt worden war, saß ein Seelsorger an meinem Bett. „Wie heißen Sie?", fragte er mich. „Wissen Sie, wo Sie sind?" Er musste das fragen, um zu überprüfen, ob meine Gehirnwindungen noch funktionierten. Es dauerte eine ganze Weile, bis ich Sätze formulieren konnte. „Mein Name ist Sebastian Prinz und ich bin im Krankenhaus. In welchem Krankenhaus?" „Im städtischen Krankenhaus zu Bielefeld" „Oh", sagte ich „hier arbeitet doch Professor Dr. Hinrichs, er ist ein Tennisfreund von mir. Kann er zu mir kommen?" Der Seelsorger nickte. „Er ist für die Frauenstation zuständig. Ich werde ihn aber informieren." Langsam kam die Erinnerung zurück. „Wie ist ihr Name?", wollte ich von dem Seelsorger wissen. Er antwortete: „Carsten Habicht." Ich musste lächeln, der Name passte. Er sah mit seiner gebogenen Hakennase auch aus wie ein Habicht. „Was ist mit Stefanie Lauterbach? Lebt sie?" Nach einer kurzen Pause, in der Herr Habicht tief Luft holte, sagte er: „Sie ist mit dem Hubschrauber eingeliefert worden. Sie hat eine Wirbelverletzung, aber sie lebt." Das Gespräch wurde unterbrochen, als Oberarzt Dr. Smirner mit seinem Gefolge mich aufsuchte. Er nahm die Unterlagen zur Hand und sagte: „Die beiden Männer hätten sie totgeschlagen, wenn ihre Freundin nicht dazwischengegangen wäre. Sie haben drei gebrochene Rippen sowie eine Lungen- und Leberquetschung. Sie müssen einige Tage hierbleiben. „Kann ich Steffi besuchen?" „Momentan nicht. Das entscheidet Professor Dr. Hinrichs und der hat heute und morgen frei." Auch der Seelsorger verschwand wieder und ich lag mit meinen Gedanken allein im Bett. Ich sorgte mich sehr um Stefanie.

An Besuchen mangelte es mir nicht. Die Presse kam, die Polizei gab sich die Klinke in die Hand und, was ich erstaunlich fand, auch Marion Zygowski besuchte mich. „Erinnerst du dich noch an mich?", fragte sie lächelnd und ich stotterte: „Wie könnte ich dich jemals vergessen?" Wir sprachen über alte Zeiten und was aus uns hätte werden können, wenn ich einen anderen Zugang zu ihr gewählt hätte. „Mein Vater hat dir mit der finanziellen Stundung sehr geholfen. Bring dein Leben in Ordnung. Der Bielefelder Tennisclub wartet auf dich." Ich versuchte mich aufzurichten, musste aber dazu die Hilfe von Marion annehmen. „Nein, Marion, ich werde kein Tennis mehr spielen. Ich versuche einen Neuanfang ohne Altlasten hinzubekommen. Ich danke dir und deinem Vater sehr, richte ihm das bitte aus."

Aufklärung erhielt ich auch von der Polizei. Der Freund von Scarlett war ein berüchtigter Zuhälter, Barbesitzer und eine Unterweltgröße. Er verfügte über ein Netzwerk, dessen Arme bis nach Mallorca reichten. Die beiden Motorradfahrer wurden ermittelt. Sie waren sehr gesprächig. Einer von ihnen erhielt Kronzeugenschutz. „So konnten wir den Drahtzieher dingfest machen", sagte der Kommissar und fuhr fort: „Er wollte Sie nicht töten, sagte er. Er wollte, dass Sie unter dem Verlust Ihrer Liebsten so leiden wie er."

Die Zeit, die ich noch im Krankenhaus verbringen musste, nutzte ich, um über mich und Steffi nachzudenken. Ich wusste, dass sie mich liebte, und ich empfand plötzlich das gleiche Gefühl für sie. Ich wollte einen Neuanfang wagen, mit ihr und einer abgeschlossenen Vergangenheit. Bevor ich das Krankenhaus verlassen durfte, besuchte ich Stefanie auf der Station. Sie lag im Koma. Fast einen ganzen Tag blieb ich bei ihr und erzählte ihr von meinen neu entdeckten Gefühlen, von meinen Wünschen und Träumen, mit ihr ein neues Leben anzufangen. Meinen Freund Professor Dr. Hinrichs traf ich noch nicht und alle anderen Ärzte gaben mir keine Auskunft über Steffis Gesundheitszustand.

Ein Neuanfang

Sebastian hatte mehrmals seine Erzählung unterbrechen müssen, weil Tränen über seine Wange liefen. „Ich lag am Boden. Die beiden Männer traten auf mich ein. Ich versuchte mich zu schützen und legte meinen Kopf in die rechte Armbeuge. Ich höre noch Steffis Schreie:‚ Lassen sie den Mann los!' Dann vernahm ich dieses unsägliche Motorengeräusch und sah Steffi am Boden liegen. Es war ein Motorrad. Der Fahrer nahm darauf einen der beiden Schläger mit. Sie rasten davon. Mittlerweile hatten Passanten Polizei und Notarzt verständigt. Mehr weiß ich nicht. Erst im Krankenhaus wurde mir das ganze Ausmaß dieser Tragödie bewusst. Hier wurde mir auch klar, wie sehr ich diesen fantastischen Menschen liebe." Sebastian legte eine lange Pause ein und sah erwartungsvoll in das Gesicht von Professor Hinrichs. Etwas leiser fügte er hinzu: „Jetzt kennst du meine Geschichte. Jetzt sag mir bitte, was wird aus Steffi?"
Keine Regung war im Gesicht des Chefarztes zu erkennen. Doch plötzlich stand er auf, zog Sebastian mit seiner rechten Hand

aus dem Sessel und sagte: „Sie ist wach."
„Und wir sitzen hier?", rief Sebastian und
wollte zur Tür. Professor Hinrichs hielt ihn
fest. „Gleich, mein Freund, gleich kannst du
zu ihr. Wie wirst du Steffi begegnen? Was
wirst du ihr sagen? Wie sieht deine Zukunft
aus?" Sebastian, der von einem Fuß auf den
anderen trat, stotterte: „Ich werde sie auf
Händen tragen, warum fragst du mich das?"
„Weil du sie auf Händen tragen musst, sie
ist querschnittsgelähmt." Der Arzt ließ Sebastian los und er ließ sich kraftlos in seinen
Sessel zurückfallen. Er konnte das Gehörte
kaum realisieren. Sehr leise vernahm er die
Stimme des Arztes: „Wenn du jetzt zu ihr
gehst, muss sie Hoffnung, Zuversicht und
Liebe spüren. Lass deine Trauer oder deinen
Schock hier im Raum zurück, versprichst du
mir das?" Sebastian nickte, wischte sich die
Tränen aus dem Gesicht und folgte seinem
Freund unauffällig in das Krankenzimmer.
Dort lag Stefanie lang ausgestreckt und be-
wegungsunfähig. Als sie Sebastian erblickte,
weinte sie. Er ging auf das Kopfende zu,
legte vorsichtig seine beiden Arme um ihren
Kopf und presste seinen Mund auf ihre
Stirn. „Lass mich sterben, Basti, ich werde

nie wieder laufen können." Sebastian unterdrückte seine Emotionen und flüsterte. „Ich werde deine Beine sein. Ich werde dich lieben und unterstützen bis an mein Lebensende. Das Band der Liebe ist so stark, dass es niemand durchtrennen kann. Ich sorge dafür, dass das Glück nicht grußlos an uns vorübergeht." Er küsste Stefanies Tränen von ihrer Wange und schaute zu Professor Hinrichs. Nur dieser konnte das verweinte Gesicht seines Freundes sehen, als Sebastian rief: „Sie hat doch etwas Glück verdient, oder?" Professor Hinrichs nickte und verließ leise das Krankenzimmer. Vor der Tür nahm er Schwester Renate in den Arm und sagte: „Ich bin so lange in diesem Geschäft, aber jetzt brauche ich einen Kaffee, deinen Kaffee, Schwester."

Nicht wie du, Vater
Roman von Bernd Rosarius

Das Verlags-Lektorat schrieb im Klappentext u.a.
...In diesem vielschichtigen und perspektivreichen
Familienroman werden verschiedene Zeitebenen,
Schauplätze, Sicht- und Lebensweisen nach Art
eines Sittengemäldes aufeinander bezogen, in dem
jede der handelnden Personen aus einer Scheinwelt
ausbrechen möchte, für die sie entweder nicht geschaffen war beziehungsweise die sie sich selbst
geschaffen

Sándoreis Weg
Erzählung von Bernd Rosarius

Sándoreis Weg war ein schwerer Weg!
Ein Weg den sie gehen musste!
War sie eine Träumerin?
War sie eine Weltverbesserin?
Was war Sándorei für eine Frau?
Warum saß sie die meiste Zeit ihres Lebens im Gefängnis?
Jetzt nach ihrem Tod, darf ich ihre Geschichte erzählen.

Gottes Fingerzeig zurück
Erzählung von Bernd Rosarius

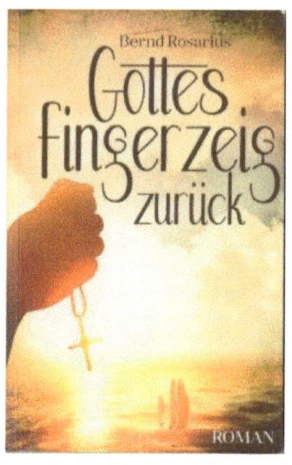

Die fesselnde Story von Frank Kirschner, die in
einem friedvollen Kloster beginnt. Das Zu-
sammentreffen mit einer geheimnisvollen Or-
densfrau stellt sein Leben nachhaltig auf den
Kopf. Der Protagonist steht vor der Lösung
des außerordentlichsten Geheimnisses seines
Lebens, dessen Faden er hätte vielleicht besser
niemals aufnehmen sollen. Doch voller Hem-
mungslosigkeit und Inbrunst verfolgt er nun die
unfassbaren Geschichten und damit auch das
Leben einer Nonne, die ihn im Kloster unend-
lich fasziniert.

Meine Welt in Versen
Gedichte von Bernd Rosarius

Auf 500 Seiten Gedichte – ein Leben!

Schreiben ordnet die Gedanken
Schreiben befreit
Schreiben ist ein ständiges Suchen nach Lösun-
gen
Schreiben gibt Kraft
Schreiben tut gut!

Autorenvita

Bernd Rosarius, Jahrgang 1945 - Vita
Leben und Wirken von Bernd Rosarius

Der Autor Bernd Rosarius wurde 1945 im thüringischen Tambach-Dietharz geboren. Er lebt zurzeit im nordrhein-westfälischen Lage (Lippe). Rosarius schreibt neben Gedichten und Geschichten auch Romane. Das internationale Literatur- und Künstlerforum „Garten der Poesie" (www.garten-der-poesie.de) ist von ihm gegründet worden. Der Autor ist Administrator dieses Forums. Hier betreut er zurzeit neben zahlreichen Autorinnen und Autoren aus aller Welt auch internationale Fotografinnen und Fotografen sowie Malerinnen und Maler. Bereits im jungen Alter von nur zwölf Jahren schrieb Bernd Rosarius seine ersten Gedichte. Auch kleine Bühnenstücke und Hörspiele gehören zu seinen Werken.
Beruflich war Bernd Rosarius 45 Jahre lang erfolgreich als Textilkaufmann und staatlich ge-

prüfter Betriebswirt tätig. Nun, im Ruhestand, wird sich der Autor noch stärker als bisher seiner ursprünglichen Leidenschaft, dem Schreiben, widmen.

Neben anderen Publikationen veröffentlichte Bernd Rosarius die drei Gedichtbände 'Sturmwind – Gedankliches Inferno', 'Eiszeit – Die Gewohnheit zu Besuch' und 'Über den Tellerrand... fließen die Gedanken'. Der Roman 'Nur ein Brief' stammt ebenfalls aus seiner Feder. Aktuelle Publikationen des Autors sind 'Sándoreis Weg' sowie der Roman 'Nicht wie du, Vater' und die Erzählung ,Gottes Fingerzeig zurück'